MA SŒUR,
SERIAL KILLEUSE

Oyinkan Braithwaite

MA SŒUR, SERIAL KILLEUSE

Traduit de l'anglais (Nigeria)
par Christine Barbaste

Delcourt

TITRE ORIGINAL :
My Sister, the Serial Killer

Conception graphique :
Couverture conçue par Michael J. Windsor
Crédits photo : woman © PeopleImages/DigitalVision/Getty Images ;
knife © Westend61/Brand X ; Pictures/Getty Images

Première publication aux États-Unis par Doubleday, en 2018.

© Oyinkan Braithwaite, 2017, 2018
© Éditions Delcourt pour la traduction française, 2019
ISBN : 978-2-413-01565-9

Pour ma famille que j'aime tant :
Akin, Tokunbo, Obafunke, Siji, Ore

MOTS

Ayoola m'appelle et prononce ces mots que j'avais espéré ne jamais plus entendre : Korede, je l'ai tué.

JAVEL

Je parie que vous ne le saviez pas : l'eau de Javel masque l'odeur du sang. La plupart des gens utilisent la javel sans discernement ; ils présupposent que c'est un produit à tout faire, ils ne prennent jamais le temps de lire la liste des composants au dos du flacon, ni de revenir inspecter le résultat. L'eau de Javel désinfectera, mais pour éliminer les résidus, ce n'est pas génial ; je ne m'en sers qu'après avoir récuré la salle de bains de toutes traces de vie, et de mort.

Il saute aux yeux que cette salle de bains a été refaite récemment. Elle dégage cette atmosphère de pièce qui n'a jamais été utilisée, surtout maintenant que je viens de passer près de trois heures à la briquer. Le plus ardu aura été de venir à bout du sang qui s'était infiltré entre le bac de douche et le joint en silicone. C'est un détail qu'on peut facilement négliger.

Il n'y a rien qui traîne nulle part ; son gel douche, sa brosse à dents et son dentifrice sont rangés dans le placard au-dessus du lavabo. Il y a bien le tapis de bain : un smiley noir sur un rectangle jaune dans la pièce toute blanche.

Ayoola est perchée sur les toilettes, genoux remontés sous le menton, bras repliés autour des jambes. Le sang, sur sa robe, a séché et il ne risque plus de tomber sur le carrelage blanc qui brille de nouveau. Elle a enroulé ses dreadlocks en couronne, de sorte qu'elles ne balaient plus le sol. Elle s'obstine à me dévisager de ses grands yeux marron clair ; elle a peur que je sois en colère, peur du moment où je vais me relever pour lui passer un savon.

Je ne suis pas en colère. S'il me faut absolument être quelque chose, ce serait surtout fatiguée. Je suis à quatre pattes. La transpiration de mon front tombe goutte à goutte par terre, et je l'essuie au fur et à mesure avec l'éponge bleue.

Je m'apprêtais à dîner, quand elle m'a appelée. J'avais tout bien disposé sur le plateau – la fourchette à gauche de l'assiette, le couteau à droite, la serviette pliée en couronne et placée au centre de l'assiette. Le film était en pause sur le générique d'ouverture et le minuteur du four venait de sonner quand mon téléphone s'est mis à vibrer convulsivement sur la table.

À mon retour, le dîner sera froid.

Je me relève et je rince les gants dans le lavabo, mais je ne les retire pas. Ayoola continue à me regarder par miroir interposé.

« Il faut faire disparaître le corps, lui dis-je.

— Tu es en colère contre moi ? »

Une personne normale le serait sans doute, mais tout ce que je ressens, pour l'heure, c'est un besoin pressant de me débarrasser du corps. Sitôt que je suis arrivée, nous l'avons transporté dans le coffre de ma voiture ; je voulais pouvoir récurer et passer la serpillière sans devoir affronter son regard froid et fixe.

« Va chercher ton sac. »

Nous retournons à la voiture, et il n'a pas bougé du coffre, il nous a sagement attendues.

À cette heure de la nuit, il n'y a pas beaucoup, voire pas du tout, de circulation sur le Third Mainland Bridge. Comme il n'y a pas non plus d'éclairage le long du pont, c'est presque le noir complet mais, tout au bout, on aperçoit les lumières de la ville. Nous l'emmenons là où nous avons emmené le dernier – par-dessus le pont, et dans l'eau. Au moins, il ne se sentira pas seul.

Un peu de sang a imbibé le revêtement du coffre. Ayoola propose de le nettoyer, par culpabilité, mais je lui prends des mains ma mixture maison, une cuillerée d'ammoniaque pour deux mesures d'eau, et j'en verse sur la tache. J'ignore si la police de Lagos dispose de la technologie nécessaire pour passer une scène de crime au peigne fin, mais je suis sûre d'une chose : Ayoola n'aurait jamais pu la nettoyer aussi efficacement que moi.

LE CARNET

« C'était qui ?

— Femi. »

Je note le prénom. Nous sommes dans ma chambre. Ayoola est assise en tailleur sur le canapé, tête calée contre le coussin. J'ai brûlé sa robe pendant qu'elle prenait un bain. Maintenant, elle porte un tee-shirt rose et embaume le talc.

« Et son nom de famille ? »

L'air songeur, elle pince les lèvres et secoue la tête, comme pour aiguiller le nom à l'avant de son cerveau. Ça ne vient pas. Elle hausse les épaules. J'aurais dû penser à récupérer son portefeuille.

Je referme le carnet. Il est minuscule, plus petit que ma paume. Un jour, dans une vidéo TEDx, j'ai entendu un homme expliquer qu'il avait toujours sur lui un carnet, pour y noter un moment de bonheur chaque jour, et que cette habitude avait changé sa vie. C'est pour ça que j'ai acheté ce carnet. Sur la première page, j'ai écrit : *J'ai vu une chouette blanche par la fenêtre de ma chambre.* Et pas grand-chose d'autre depuis.

« Ce n'est pas de ma faute, tu sais. » Mais je ne sais pas, justement. Je ne sais pas à quoi elle fait référence : à son incapacité à se souvenir de son nom de famille ? Ou à sa mort ?

« Raconte-moi ce qui s'est passé. »

LE POÈME

Femi lui avait écrit un poème.

(Elle se souvient du poème, mais pas de son nom de famille.)

> *Je vous défie de trouver un défaut*
> *dans sa beauté ;*
> *ou d'engendrer une femme*
> *qui peut se tenir à côté d'elle*
> *sans se faner.*

Il le lui avait donné griffonné sur un bout de papier plié en deux, comme ces mots d'amour que les élèves, au lycée, se faisaient passer au dernier rang des salles de classe. Tout ça l'avait émue (mais bon, Ayoola est toujours émue par l'adoration de ses mérites) et elle avait accepté, du coup, d'être sa nana.

Le jour anniversaire de leur premier mois, elle l'a poignardé, chez lui, dans la salle de bains. Ce n'était pas prémédité, bien sûr. Il était en colère contre elle, et il criait, en lui soufflant au visage son haleine brûlante qui empestait l'oignon.

(Mais pourquoi avait-elle le couteau sur elle ?)

Pour se protéger. Avec les hommes, on ne savait jamais, quand ils avaient une idée derrière la tête...

Elle ne voulait pas le tuer, juste le dissuader d'aller plus loin. Mais lui, avec son bon mètre quatre-vingts, il n'avait pas peur de son arme. Elle devait faire l'effet d'une poupée à côté de lui, menue comme elle est, avec ses cils de biche et ses lèvres rosées et pulpeuses.

(Sa description, pas la mienne.)

Elle l'a tué du premier coup, en plongeant la lame droit dans le cœur. Mais, par précaution, elle l'a poignardé encore à deux reprises. Il s'est affaissé, il a glissé à terre, et elle n'a plus entendu que sa propre respiration.

CORPS

Vous la connaissez, celle-là ? Deux filles entrent dans une pièce. Cette pièce se trouve dans un appartement, lui-même situé au troisième étage. Dans la pièce se trouve le corps d'un homme. Comment transportent-elles le cadavre jusqu'au rez-de-chaussée, ni vu ni connu ?

Premièrement, elles rassemblent le matériel.

« Combien de draps nous faut-il ?

— Combien en a-t-il ? »

Ayoola est sortie en courant de la salle de bains et elle est revenue armée de l'information : il y avait cinq draps dans le placard de sa buanderie. Je me suis mordillé la lèvre. Il nous en fallait pas mal, mais sa famille risquait de tiquer si quelqu'un remarquait que Femi ne possédait qu'un seul et unique drap – celui étendu sur son lit. Ce détail n'aurait rien eu d'exceptionnel pour un mâle lambda, mais cet homme-là était méticuleux. Dans sa bibliothèque, les livres étaient classés par auteur et par ordre alphabétique. Il y avait une gamme complète de produits d'entretien dans sa salle de bains (il achetait d'ailleurs la même marque de désinfectant que moi). Et sa cuisine était rutilante. Ayoola ne semblait pas à sa place dans cet appartement – une cloque, dans une existence sans plis.

« Apportes-en trois. »

Deuxièmement, elles éliminent jusqu'à la dernière trace de sang.

J'ai épongé le sang avec une serviette de toilette que j'essorais dans le lavabo, et j'ai répété l'opération jusqu'à ce que le sol soit impeccable. Ayoola me tournait autour, en dansant d'un pied sur l'autre. Je ne faisais aucun cas de son impatience. Cela prend beaucoup plus de temps de se débarrasser d'un corps que de se débarrasser d'une âme, surtout quand on souhaite ne laisser aucune preuve du meurtre. Mais mon regard était sans cesse aimanté par le corps avachi par terre, contre le mur. Tant qu'il resterait là, impossible pour moi de parachever le travail.

Troisièmement, elles déguisent le corps en momie.

Ayoola a fait rouler le corps sur les draps que nous avions déployés par terre sitôt le carrelage sec. Je ne voulais pas le toucher. Je discernais sous le tee-shirt blanc son torse sculpté. Cet homme donnait l'impression d'être de taille à survivre à quelques entailles, mais sans doute en avait-on dit autant d'Achille ou de César. Quel gâchis de penser que la mort allait racornir ses larges épaules et ses abdos ciselés, jusqu'à ce qu'il ne reste plus que des os. En arrivant, j'avais pris son pouls à trois reprises, et encore par trois fois ensuite. Il aurait pu n'être qu'assoupi – il paraissait si paisible. Sa tête pendait bas sur sa poitrine, le dos était arrondi contre le mur, les jambes, de travers.

18

Ayoola soufflait et ahanait en le poussant sur les draps. Elle a essuyé son front transpirant et a laissé une traînée de sang sur sa peau. Elle a rabattu un pan de drap sur le corps, pour ne plus le voir. Puis je l'ai aidée à le faire rouler pour l'emmailloter fermement dans les draps. Quand on s'est redressées, on l'a regardé, et elle a demandé : « Et maintenant ? »

Quatrièmement, elles descendent le corps.

Nous aurions pu emprunter les escaliers. Mais je nous ai imaginées, en plein transport de ce qui était sans ambiguïté un corps grossièrement enveloppé, tomber sur un voisin et devoir inventer des excuses :

On fait une farce à mon frère. Comme il a un sommeil de plomb, on s'amuse à le déménager.

Évidemment que c'est un mannequin – enfin ! Vous nous prenez pour qui ?

Non, ma, c'est juste un sac de patates.

J'ai vu mon témoin imaginaire écarquiller démesurément les yeux, prendre peur, puis ses jambes à son cou pour aller se mettre en sécurité. Bref – les escaliers, c'était hors de question.

« On doit prendre l'ascenseur. »

Ayoola a ouvert la bouche. Puis elle a secoué la tête et ravalé la question qu'elle avait sur le bout de la langue. Elle avait fait sa part ; à moi de décider pour le reste. Nous l'avons soulevé. J'aurais dû solliciter mes genoux plutôt que mon dos. J'ai senti un truc craquer et j'ai lâché mon côté du fardeau, qui s'est écrasé avec un bruit sourd. Ma sœur a levé les yeux au ciel. J'ai de nouveau empoigné mon extrémité du corps et nous l'avons transporté jusqu'à la porte de l'appartement.

Ayoola a foncé appeler l'ascenseur, elle est revenue vers nous en courant et j'ai soulevé une fois de plus les épaules du mort. J'ai risqué un œil sur le palier pour m'assurer que la voie était toujours libre. J'aurais bien fait une petite prière, supplié qu'aucune porte ne s'ouvre pendant qu'on allait de celle de l'appartement à l'ascenseur, mais, étant à peu près certaine que c'est exactement le genre de prières auquel il fait la sourde oreille, j'ai préféré m'en remettre à la chance, et à la célérité. On a avancé à petits pas feutrés sur les dalles en pierre. L'ascenseur est arrivé pile poil au bon moment et a ouvert grand sa gueule pour nous. On s'est tenues de côté le temps que je vérifie que la cabine était vide, puis nous l'avons soulevé et calé dans l'angle, à l'abri des regards directs.

« Retenez l'ascenseur, s'il vous plaît ! » a crié une voix.

Du coin de l'œil, j'ai vu le doigt d'Ayoola frôler le bouton – celui qui suspend la fermeture automatique des portes. J'ai écarté sa main d'une tape et appuyé frénétiquement sur le bouton du rez-de-chaussée. À l'instant où les portes coulissaient, j'ai entr'aperçu la mine dépitée d'une jeune mère. J'ai un peu culpabilisé, elle avait un bébé sur un bras, des sacs pendus à l'autre ; mais le poids de ma culpabilité n'était pas suffisant pour m'inciter à risquer la prison. En outre, que pouvait-elle bien fabriquer, à cette heure avancée de la nuit, à traîner dehors avec un bébé ?

« Qu'est-ce qui ne tourne pas rond chez toi ? » ai-je sifflé à mi-voix à l'intention d'Ayoola, même si je savais que son geste avait été instinctif ; dicté, peut-être, par le même instinct qui l'avait poussée à planter un couteau dans une chair humaine.

« Désolée », s'est-elle contentée de répondre. J'ai ravalé les mots qui menaçaient de jaillir de ma bouche. Ce n'était pas le moment.

Au rez-de-chaussée, j'ai confié à Ayoola le soin de garder le cadavre et de retenir l'ascenseur. Elle devait actionner la fermeture des portes et monter au dernier étage si quiconque venait vers elle. Et empêcher leur fermeture si quelqu'un, dans les étages, tentait d'appeler la cabine. J'ai couru jusqu'à ma voiture, je suis allée la garer devant la porte de service de l'immeuble et nous avons procédé au transbordement. Mon cœur ne s'est arrêté de tambouriner qu'une fois le hayon rabattu.

Cinquièmement, elles passent tout à l'eau de Javel.

TENUE DE TRAVAIL

L'administration de l'hôpital a décidé de changer l'uniforme des infirmières et de passer du blanc au rose pâle, vu que les tenues blanches commençaient à avoir la couleur de la crème rance. Pour ma part, je m'en tiens au blanc – ma tenue de travail a toujours l'air flambant neuf.

Tade le remarque.

« Quel est ton secret ? » me demande-t-il en effleurant l'ourlet de ma manche. C'est comme s'il m'avait caressé directement la peau – une chaleur afflue dans tout mon corps. Je lui tends le dossier de la patiente suivante en cherchant un moyen de prolonger la conversation mais, la vérité, c'est qu'il n'existe aucune façon de rendre le lavage sexy – sauf à laver une voiture de sport en bikini.

« Mon ami Google », lui dis-je.

Il éclate de rire, regarde le dossier et lâche un gémissement.

« Mme Rotinu – encore elle ?

— Oui, je crois qu'elle aime bien voir ton visage, docteur. »

Il me sourit. J'essaie de lui rendre son sourire sans trahir combien son attention m'a asséché la bouche.

En marchant vers la porte, je roule des hanches comme Ayoola aime tant le faire.

« Ça va ? » me lance-t-il au moment où ma main se pose sur la poignée. Je me retourne.

« Mm… ?

— Tu marches bizarrement.

— Euh… Je me suis froissé un muscle. » *Honte à toi.* J'ouvre la porte et file sans demander mon reste.

À la réception, Mme Rotinu est assise dans un de nos innombrables canapés en cuir. Nous en avons tellement qu'elle dispose d'un canapé entier pour elle, son sac à main et sa trousse à maquillage. À mon approche, les patients lèvent les yeux, dans l'espoir que leur tour est venu. Mme Rotinu, qui est en train de se repoudrer, s'interrompt.

« Le docteur est-il prêt à me recevoir ? » demande-t-elle. J'opine et elle se lève en faisant claquer le fermoir de son poudrier. Je lui fais signe de me suivre, mais elle pose une main sur mon épaule pour m'arrêter.

« Je connais le chemin. »

Mme Rotinu souffre de diabète – de type 2 ; en d'autres termes, si elle surveille son alimentation, perd un peu de poids et prend son insuline à temps, nous n'avons aucune raison de la voir aussi souvent. Elle est pourtant là, en train de trottiner, toute guillerette, vers le bureau de Tade. Je la comprends, cela dit. Quand il vous regarde, il vous semble que rien ni personne d'autre n'existe, ni n'existera aussi longtemps que vous aurez son attention. Jamais son regard ne se dérobe ni ne se voile, et il n'est pas avare de ses sourires.

Je retourne au poste des infirmières et j'abats mon porte-bloc sur le comptoir avec suffisamment d'énergie pour réveiller Yinka, qui a découvert comment dormir les yeux ouverts. Bunmi me fusille du regard parce qu'elle est au téléphone et essaie de fixer rendez-vous à un patient.

« Hé ! Ça va pas, Korede ? Ne me réveille que s'il y a le feu.

— C'est un hôpital, ici. Pas un *bed and breakfast*. » En m'éloignant, je l'entends marmonner « garce », mais je ne relève pas. Quelque chose d'autre a attiré mon attention. Exaspérée, je serre les dents et pars à la recherche de Mohammed. Voilà une heure que je l'ai envoyé passer la serpillière au troisième et, bien évidemment, il y est encore, appuyé sur son balai, en train de faire le joli cœur avec Assibi, une des femmes de ménage – celle avec de longs cheveux permanentés et des cils étonnamment épais. Assibi décampe sitôt qu'elle m'aperçoit au bout du couloir et Mohammed se retourne vers moi.

« *Ma*, j'allais justement…

— Je m'en fiche. As-tu fait les vitres de la réception avec de l'eau chaude et un quart de vinaigre blanc, comme je te l'ai demandé ?

— Oui, *ma*.

— Très bien… Montre-moi la bouteille de vinaigre. » Il se dandine en contemplant ses pieds ; il cherche comment s'extirper de son mensonge. Ça ne m'étonne pas qu'il soit infichu de faire les vitres – il pue à trois mètres, et c'est une puanteur rance. Malheureusement, on ne peut pas renvoyer quelqu'un au motif de son odeur corporelle.

« Je savais pas où en acheter. »

Je lui indique comment se rendre au supermarché le plus proche et il commence à se traîner vers l'escalier, épaules voûtées, en abandonnant son seau au beau milieu du couloir. Je le rappelle pour lui demander de ranger derrière lui.

À mon retour au rez-de-chaussée, Yinka s'est rendormie – ses yeux fixent le vide, presque exactement comme ceux de Femi. Je congédie l'image d'un battement de paupières et me tourne vers Bunmi.

« Est-ce que Mme Rotinu a terminé ?

— Non », répond Bunmi. Je soupire. Il y a foule sur les canapés et on dirait que tous les médecins sont occupés avec des gens bavards. Si j'avais mon mot à dire, chaque patient aurait un temps de consultation fixe.

LE PATIENT

Le patient de la chambre 313 s'appelle Muhtar Yautai.

Il est allongé sur le lit, ses pieds dépassent et pendent dans le vide. Il a des membres longs et fins comme les pattes des faucheux, mais rattachés à un torse assez long lui aussi. À son arrivée ici, il était déjà maigre, et ça n'a fait qu'empirer. S'il ne se réveille pas bientôt, il va dépérir.

Je soulève le fauteuil logé dans l'angle de la chambre, entre le mur et la table, pour l'approcher à quelques centimètres du lit. Je m'assieds et je prends ma tête dans mes mains. Je sens pointer une migraine. Je suis venue pour lui parler d'Ayoola, mais il semblerait que je n'arrive pas à me sortir Tade de l'esprit.

« Je… j'aimerais… »

Le moniteur cardiaque émet toutes les quelques secondes un bip réconfortant. Muhtar ne remue pas. Voilà cinq mois qu'il est dans le coma – à la suite d'un accident de voiture, avec son frère qui était au volant et s'en est sorti avec un traumatisme cervical.

J'ai rencontré sa femme, une fois ; elle m'a fait penser à Ayoola. Pas tant par son physique, qui n'avait rien de mémorable, que parce qu'elle semblait insouciante de tout, sauf de sa petite personne.

« Ça doit coûter les yeux de la tête de le maintenir dans le coma, non ?

— Vous voulez le débrancher ? » lui avais-je rétorqué.

Elle avait relevé le menton, offensée par ma question. « Il est légitime que je sache dans quoi je m'embarque.

— J'ai cru comprendre que l'argent venait de sa propre fortune...

— Eh bien, oui... mais je... c'est juste que...

— Espérons qu'il se réveillera bientôt.

— Oui, espérons. »

Mais cette conversation ne date pas d'hier et le jour se rapproche où même ses propres enfants estimeront qu'il vaut mieux pour tout le monde éteindre la machine qui le maintient artificiellement en vie.

En attendant, il joue le rôle d'un ami attentionné et doté d'une faculté d'écoute exceptionnelle.

« J'aimerais que Tade me voie, Muhtar. Qu'il me voie vraiment. »

CHALEUR

Avec cette chaleur oppressante, on se surprend à ménager notre énergie en économisant nos mouvements. Je suis à l'horizontale sur mon canapé ; Ayoola est allongée sur mon lit, en soutien-gorge de dentelle rose et string de dentelle noire – les sous-vêtements confortables, très peu pour elle. Sa jambe pend à une extrémité du lit, son bras à l'autre. Son corps de diablesse de clip, de femme écarlate, de succube dément son visage angélique. De temps à autre, d'un soupir, elle m'indique qu'elle est toujours vivante.

Quand j'ai appelé le réparateur du climatiseur, il m'a affirmé qu'il serait là dans dix minutes. C'était il y a deux heures.

« Je crève de chaud », gémit-elle.

Notre petite bonne entre sans se presser avec un ventilateur, qu'elle pose pile en face d'Ayoola, comme si elle était aveugle à la transpiration qui ruisselle sur mon visage. Au ronronnement bruyant des pales succède un courant d'air qui rafraîchit très légèrement la chambre. Dans un sursaut d'énergie, je me traîne jusqu'à la salle de bains. Je remplis le lavabo d'eau froide et je m'asperge le visage en contemplant les remous de l'eau. J'imagine un corps qui flotte et dérive vers le large. Qu'est-ce que Femi penserait de son destin, lui qui est en train de pourrir sous le Third Mainland Bridge ?

En tout cas, ce pont n'est pas étranger à la mort.

Il n'y a pas si longtemps un bus express bondé a fait une sortie de route et plongé droit dans la lagune. Il n'y a eu aucun survivant. Depuis, pour rameuter le chaland, les chauffeurs de bus claironnent « *Osa straight ! Osa straight !* » – « Lagune express ! Direct lagune ! »

Ayoola entre dans la salle de bains d'un pas de somnambule tout en tirant sur sa culotte. « J'ai besoin de faire pipi. » Elle se laisse choir sur les toilettes et le crépitement du jet d'urine contre la céramique lui arrache un soupir d'aise.

Je retire la bonde du lavabo et retourne dans la chambre. Il fait trop chaud pour protester, pour lui reprocher d'annexer ma salle de bains et lui rappeler qu'elle dispose de la sienne. Il fait trop chaud pour parler.

Je m'allonge sur mon lit – après tout, qui va à la chasse… Je ferme les yeux, et il est là. Femi. Ses traits gravés à jamais dans mon esprit. Bien malgré moi, je me demande comment il était de son vivant. Contrairement aux autres, que j'avais rencontrés avant leur mort, Femi était pour moi un parfait étranger.

Je savais qu'elle voyait quelqu'un, tous les signes étaient là – ce sourire évasif, ces conciliabules jusque tard dans la nuit. J'aurais dû être plus attentive. Si je l'avais rencontré – qui sait ? J'aurais pu déceler ce tempérament qu'elle a décrit comme colérique, j'aurais pu la détourner de lui et nous épargner cette issue. Mais rien n'est moins sûr.

Pile à l'instant où j'entends Ayoola tirer la chasse, son portable vibre à côté de moi et il me vient une idée. Son téléphone est protégé par un code, si tant

est que « 1234 » protège quoi que ce soit. Je fais défiler ses nombreux selfies, jusqu'à trouver une photo
de lui. La bouche est crispée en une ligne volontaire,
mais les yeux sont rieurs. Ayoola figure elle aussi
sur le cliché, aussi ravissante que toujours, mais
c'est son énergie à lui qui monopolise l'écran. Je lui
rends son sourire.

« Tu fais quoi ?

— Tu as reçu un message », lui dis-je en me
dépêchant de revenir à l'écran d'accueil.

INSTAGRAM

Le hashtag #FemiDurandADisparu est devenu viral et un message en particulier suscite beaucoup d'attention – celui d'Ayoola. Elle a posté une photo d'eux, en se présentant comme la dernière personne à l'avoir vu vivant, et en suppliant quiconque, *qui que ce soit*, de se manifester s'il sait quelque chose qui pourrait aider.

Quand elle a posté ce message, nous étions comme en ce moment dans ma chambre, mais elle s'est bien gardée de mentionner ce qu'elle trafiquait. Elle dit que si elle ne s'était pas exprimée, elle serait passée pour une fille sans cœur ; après tout, elle était sa petite amie.

Son téléphone sonne et elle décroche.

« Allo ? »

Un instant plus tard, elle me lance un coup de pied.

« Hé ! Qu'est-ce qui te… »

C'est la mère de Femi, articule-t-elle sans bruit. Je me sens défaillir ; comment diable cette femme s'est-elle procuré le numéro d'Ayoola ? Ma sœur met le haut-parleur.

« ... mon petit, t'a-t-il dit s'il comptait aller quelque part ? »

Je secoue énergiquement la tête.

« Non, *ma*. Quand je l'ai quitté, c'était déjà très tard, répond Ayoola.

— Il ne s'est pas présenté à son travail, le lendemain.

— Mm... Il lui arrive de faire un footing la nuit, *ma*.

— Je sais. Combien de fois lui ai-je répété que ce n'est pas sûr ? » La femme au téléphone éclate en sanglots. Son émotion est si forte que je commence à pleurer moi aussi, mais en silence, et ces larmes auxquelles je n'ai pas droit me brûlent les narines, les joues, les lèvres. Ayoola fond en larmes à son tour. Ça ne rate jamais : dès que je pleure, elle ouvre elle aussi les vannes. Par chance, je pleure rarement. Ses sanglots sont bruyants, chaotiques. Suivis de hoquets. Puis, silence. « Continue à prier pour mon garçon », l'enjoint la mère de Femi d'une voix éraillée, avant de raccrocher.

Je me tourne vers ma sœur. « Bon dieu de bois, qu'est-ce qui ne tourne pas rond chez toi ?

— Pardon ?

— Tu ne réalises pas la gravité de ce que tu as fait ? On dirait que ça t'amuse ! »

Son regard vire au noir et elle se met à jouer avec ses dreadlocks.

« Ces temps-ci, tu me regardes comme si j'étais un monstre. » Elle parle si bas que je l'entends à peine.

« Je ne pense pas que tu sois...

— Ça revient à culpabiliser la victime, tu sais... »

La victime ? Est-ce une simple coïncidence si Ayoola est sortie entièrement indemne de chaque incident avec ces hommes ? Sans même un hématome ? Qu'attend-elle de moi ? Qu'attend-elle que je dise ? Je compte les secondes ; si ma réponse tarde trop à venir, le silence en sera une en soi, mais je suis sauvée par le gong : ma porte s'entrouvre et maman entre, en maintenant d'une main son *gèlè*[1] à moitié formé.

« Aide-moi, s'il te plaît. »

Je me lève pour tenir la partie du turban qui pend. Ma mère se plante face à mon miroir en pied. Ses petits yeux considèrent son nez épaté et ses lèvres pleines, bien trop charnues pour l'ovale mince de son visage. Le rouge à lèvres rouge dont elle les a tartinées accentue cette disproportion. Mon physique est le portrait craché du sien. Nous partageons même un grain de beauté sous l'œil gauche – une ironie qui ne m'échappe pas. La beauté d'Ayoola est un phénomène qui a pris ma mère par surprise. Elle était tellement reconnaissante qu'elle en a oublié de s'acharner à avoir un garçon.

« Je vais au mariage de la fille de Sope. Vous devriez venir, toutes les deux. Vous pourriez y rencontrer quelqu'un.

— Non merci », réponds-je avec raideur.

Ayoola sourit et fait non de la tête. Maman adresse un froncement de sourcils au miroir.

« Korede, tu sais que si tu viens, ta sœur viendra aussi ; tu ne veux pas qu'elle se marie ? »

Comme si, dans la vie, Ayoola obéissait à d'autres règles que les siennes. Je préfère ne pas répondre à la déclaration illogique de ma mère, et ne pas relever non plus que la destinée matrimoniale d'Ayoola l'intéresse bien plus que la mienne. C'est comme si l'amour était réservé aux seuls gens beaux.

Et c'est vrai qu'*elle*, elle n'y a pas eu droit. Il lui a fallu se contenter d'un politicien en guise de père, et d'un homme qui s'est laissé mettre le fil à la patte

---

1. Turban. (*Toutes les notes sont de la traductrice.*)

uniquement parce qu'il voyait leur union comme un tremplin.

Le *gèlè* est en place – un chef-d'œuvre d'équilibre sur le crâne étroit de ma mère. Elle penche la tête d'un côté, de l'autre, puis fait la moue, insatisfaite de son image en dépit du turban, des bijoux de prix et du maquillage appliqué d'une main experte.

Ayoola se lève et lui plante un baiser sur la joue. « Quelle élégance ! » s'exclame-t-elle, et la transfiguration s'opère illico : notre mère enfle de fierté, relève le menton, redresse les épaules. Maintenant, elle pourrait passer à tout le moins pour une douairière. « Laisse-moi prendre une photo », dit Ayoola en dégainant son téléphone.

Sous sa direction, maman enchaîne un nombre incalculable de poses, puis, ensemble, elles passent en revue leur œuvre et sélectionnent le cliché qui les satisfait – un de ceux où ma mère, de profil, une main sur la hanche, a la tête renversée dans un éclat de rire. C'est une belle photo. Ayoola s'affaire avec son téléphone tout en se mordillant la lèvre.

« Qu'est-ce que tu fais ?

— Je la poste sur Instagram.

— Tu es folle ? Ou bien tu as déjà oublié ton dernier post ?

— C'était quoi, son dernier post ? » demande maman.

Un frisson glacé me parcourt le corps. Cela m'arrive souvent, depuis quelque temps. Ayoola se charge de lui répondre.

« Je... Femi a disparu.

— Femi ? Ce charmant garçon que tu fréquentais ?

— Oui, maman.

— *Jésù ṣàànú fún wa*[1] *!* Pourquoi me l'as-tu caché ?

---

1. Miséricorde !

— Je... je... j'étais sous le choc. »

Notre mère se précipite vers Ayoola et la serre étroitement dans ses bras.

« Je suis ta maman, tu dois tout me dire. Compris ?

— Oui, *ma*. »

Impossible, bien sûr. Elle ne peut pas tout lui dire.

BOUCHONS

Je tripote le bouton de mon autoradio pour faire
défiler les stations, faute de mieux pour tuer le temps.
Les embouteillages sont la plaie de cette ville. Il est
5 h 15 et, déjà, ma voiture est immobilisée pare-chocs
contre pare-chocs, noyée dans une marée de ses sem-
blables. Mon pied est fatigué d'enfoncer et de relâcher la pédale de frein.

En détachant les yeux de l'autoradio, je croise
par inadvertance le regard d'un agent de la LASTMA,
la police de la circulation de Lagos. Il rôde le long
des files de véhicules, à l'affût du malchanceux qui
sera sa prochaine victime. Je le vois aspirer ses
joues, plisser le front et le voilà qui marche droit
vers moi.

Mon cœur dégringole à mes pieds, mais je n'ai
pas le temps de le ramasser. J'agrippe plus fermement le volant pour dompter le tremblement de
mes mains. Cela n'a aucun rapport avec Femi, je le
sais. Il *ne peut pas* y en avoir. La police de Lagos
ne brille pas par son efficacité – et c'est un euphé-
misme. Les agents chargés d'assurer la sécurité de
nos rues consacrent le plus clair de leur temps à

extorquer de l'argent aux citoyens pour agrémenter leur maigre salaire. Impossible qu'ils soient déjà sur notre piste.

En plus, cet agent-là est spécifiquement affecté à la circulation. Sa grande mission, sa raison d'être : pourchasser les automobilistes qui ont grillé un feu rouge. C'est du moins ce que je me répète en sentant ma nervosité prendre le dessus.

L'homme toque à ma vitre. Je la descends de quelques centimètres – assez pour ne pas le mettre en colère, trop peu pour lui permettre de faufiler le bras dans l'entrebâillement et déverrouiller ma portière.

Il pose une main sur le toit de ma voiture et se penche vers moi, comme si nous étions deux amis qui s'apprêtent à tailler le bout de gras. Sa chemise jaune et son pantalon en toile marron sont si raides d'amidon que même le vent, pourtant coriace, n'a pas prise sur eux. Un uniforme impeccable reflète le respect que son propriétaire porte à sa profession ; c'est du moins ce que cela est censé signifier.

Il a des yeux sombres – deux puits dans un vaste désert – mais la peau presque aussi claire que celle d'Ayoola. Une odeur mentholée flotte autour de lui.

« Savez-vous pourquoi je vous ai demandé de vous arrêter ? »

Je suis tentée de lui faire remarquer que ce sont les embouteillages qui m'ont mise à l'arrêt, mais l'inanité de ma situation n'est que trop évidente. Je n'ai aucune échappatoire.

« Non, monsieur l'agent », réponds-je, aussi aimablement que je le peux. S'ils nous soupçonnaient, ils n'enverraient sans doute pas un agent de la LASTMA pour nous appréhender. Et ils le feraient ailleurs qu'ici. *Sans doute...*

« Votre ceinture de sécurité. Elle n'est pas attachée.

— Oh… » Je m'autorise à respirer. Les véhicules qui me précèdent progressent de quelques centimètres mais, moi, je suis condamnée au sur-place.

« Permis de conduire et certificat d'immatriculation, s'il vous plaît. » J'exècre l'idée de donner mon permis de conduire à cet homme. Ce serait aussi imprudent que le laisser monter dans ma voiture – à partir de là, il mènerait le jeu. Comme je tarde à m'exécuter, il tente d'ouvrir la portière et lâche un grognement en découvrant qu'elle est verrouillée. Il se redresse de toute sa hauteur ; son air de conspirateur a fait long feu. « Madame, j'ai dit : permis et certificat d'immatriculation ! » aboie-t-il.

En temps normal, je lui tiendrais tête, mais en ce moment, je ne peux pas attirer l'attention sur moi – pas alors que je suis au volant de la voiture qui a transporté Femi jusqu'à sa dernière demeure. Mon esprit s'égare vers la tache de javel dans le coffre.

« *Oga*[1], dis-je avec autant de déférence que je peux en rassembler. Vous énervez pas. C'était une bêtise, je recommencerai pas. » Je m'efforce de parler avec ses mots à lui et d'écorcher la syntaxe. Les femmes diplômées ont l'art d'énerver les hommes comme lui. Mais je crains que mes efforts ne trahissent encore plus ma bonne éducation.

« Femme, ouvrez la porte ! »

Les autres voitures, autour de moi, continuent de progresser centimètre par centimètre. Quelques conducteurs m'adressent un regard de sympathie, mais aucun ne s'arrête pour voler à mon secours.

« *Oga*, discutons, s'il vous plaît. Je suis sûre qu'y a moyen de s'arranger. » Mon orgueil a divorcé de moi, sans mon consentement. Que faire d'autre ?

---

1. Chef

À n'importe quel autre moment, je pourrais traiter cet homme pour ce qu'il est – un criminel –, mais les actes d'Ayoola m'incitent à la prudence. L'homme croise les bras, mécontent mais disposé à m'écouter.

« Je vais pas vous mentir, j'ai pas beaucoup d'argent. Mais si ça vous va...

— Vous m'avez entendu demander de l'argent ? » me coupe-t-il tout en s'acharnant sur la poignée de la portière, comme si j'étais assez bête pour l'avoir déverrouillée. Puis il se redresse de toute sa hauteur et pose les mains sur ses hanches.

« *Oya*[1] ! Garez-vous ! »

J'ouvre la bouche. La referme, et me contente de le regarder.

« Déverrouillez le véhicule. Sinon, on va au commissariat, et on s'arrange là-bas. » J'entends mon pouls battre dans mes oreilles. Je ne peux pas prendre le risque qu'ils fouillent la voiture.

« *Oga, abeg*[2], réglons ça entre nous. » Ma supplique a un son strident. L'homme opine, lance des regards alentour et se penche de nouveau vers moi.

« Comment ça ? »

Je sors 3 000 nairas de mon portefeuille, en espérant que ça suffise et qu'il les accepte sans tergiverser. Son regard s'éclaire, mais il fronce les sourcils.

« On s'est mal compris.

— *Oga*, vous voulez combien ? »

Il se pourlèche, et un gros pâté luisant de salive reste accroché à sa lèvre, pile dans ma ligne de mire.

« J'ai l'air d'une demi-portion ?

— Non, monsieur l'agent.

— Alors donnez-moi de quoi nourrir la bête. »

---

1. Ça suffit !
2. Chef, je vous en prie...

Je soupire. Ma fierté prend congé de moi tandis que j'ajoute 2 000 nairas. Il empoche les billets et se fend d'un hochement de tête solennel.

« Mettez votre ceinture et que je vous y reprenne pas. »

Il s'éloigne : je tire sur ma ceinture. Les tremblements finissent par se dissiper.

ACCUEIL

Un homme s'engouffre dans l'hôpital et fonce droit sur le comptoir de l'accueil. Il n'est pas bien grand, mais sa circonférence compense sa taille. En le voyant charger sur nous, je me prépare à l'impact.

« J'ai rendez-vous ! »

Yinka prend sur elle et lui présente son sourire le plus aimable. « Bonjour monsieur, puis-je avoir votre nom ? »

Il le lui crache et elle se met en quête de son dossier dans la pile devant elle. Sans hâte. Rien ni personne ne peut faire presser Yinka, et quand on lui cherche des poux, elle ralentit intentionnellement. L'homme ne tarde pas à pianoter sur le comptoir, puis à taper du pied. Yinka relève la tête, elle le dévisage à travers ses cils, baisse à nouveau les yeux et poursuit ses recherches. L'homme commence à gonfler les joues ; il est sur le point d'exploser. Je songe à intervenir pour alléger l'atmosphère, mais se faire enguirlander par un patient ne ferait peut-être pas de mal à Yinka, donc je reste assise, je me détends et je regarde.

L'écran de mon téléphone s'éclaire. Je jette un œil. Ayoola. C'est la troisième fois qu'elle cherche à me joindre, mais je ne suis pas d'humeur à lui parler. Peut-être appelle-t-elle parce qu'elle a envoyé prématurément un autre homme dans la tombe, ou pour me demander d'acheter des œufs en rentrant à la maison. Quelle que soit la raison, je ne décroche pas.

« Ah, le voilà ! » s'exclame Yinka. Je l'ai vue examiner ce même dossier à deux reprises, et continuer à chercher, mais qu'importe. L'homme expire bruyamment par les narines.

« Monsieur, vous avez trente minutes de retard à votre rendez-vous.

— Hein ? »

C'est au tour de Yinka d'exprimer l'agacement.

C'est une matinée plus calme que la normale. De notre poste, nous voyons toutes les personnes qui patientent dans le hall. Il épouse la forme d'un arc, le comptoir et les canapés font face à l'entrée et à une télévision grand écran. Si on tamisait les lumières, on aurait un home cinéma. Les canapés sont rouge grenat mais tout le reste est incolore. Le décorateur ne s'est pas foulé. Si l'hôpital devait hisser un pavillon, il serait blanc – le signe universel de la reddition.

Un enfant émerge en courant de la salle de jeux, se précipite vers sa mère et repart à toutes jambes d'où il est venu. Il n'y a personne dont il faille s'occuper, sauf de l'homme qui est en train de taper sur les nerfs de Yinka. Elle balaie une boucle de ses extensions de devant ses yeux et le regarde fixement.

« Avez-vous mangé aujourd'hui, monsieur ?

— Non.

— O.K., très bien. D'après votre dossier, votre dernier test de glycémie remonte à un petit moment. Aimeriez-vous en faire un ?

— Oui, d'accord. C'est combien ? »

Yinka lui indique le tarif, et il lâche un sifflement moqueur : « C'est ridicule – excusez-moi, mais en quoi ai-je besoin de cet examen ? C'est facile de gonfler la note, c'est pas vous qui payez, de toute façon ! »

Elle coule un regard vers moi, pour voir si je suis toujours là. Elle vient de se souvenir que si elle dépasse les bornes, il lui faudra écouter mon discours bien rodé sur le code de bonne conduite et la culture de St Peter. Elle sourit jaune.

« Très bien, pas de test de glycémie, en ce cas, monsieur. S'il vous plaît, allez vous asseoir, et nous vous appellerons dès que le docteur sera prêt à vous recevoir.

— Vous voulez dire qu'il n'est pas libre tout de suite ?

— Oui. Malheureusement, vous avez maintenant… (Elle consulte sa montre.)… quarante minutes de retard. Vous allez donc devoir attendre qu'un créneau se libère. »

L'homme secoue sèchement la tête et va s'installer face à la télévision. Au bout d'une minute, il nous demande de changer de chaîne. Yinka marmonne un chapelet de jurons, heureusement couverts par la joie bruyante de l'enfant qui s'amuse dans la salle de jeux ensoleillée et les commentaires du match de football à la télé.

DANSE

De la musique résonne dans la chambre d'Ayoola. Elle écoute *I Wanna Dance with Somebody* de Whitney Houston, à fond. Enya, ou Lourde, quelque chose de plus solennel ou nostalgique, serait plus approprié que l'équivalent musical d'un paquet de M&M's.

Je meurs d'envie de me doucher, d'éliminer l'odeur du désinfectant de l'hôpital qui imprègne ma peau, au lieu de quoi je pousse la porte d'Ayoola. Elle ne sent pas ma présence – elle me tourne le dos, roule des hanches, elle avance, recule, et ses plantes de pieds nues caressent à chaque pas le tapis de fourrure blanche. Elle se trémousse sans épouser le moindre rythme, comme quelqu'un qui n'a ni public ni inhibition pour l'astreindre à suivre la musique. Il y a quelques jours à peine, nous donnions un homme à la mer, et elle, elle danse.

Je m'appuie au chambranle. Je la regarde et j'ai beau m'y efforcer, j'échoue à comprendre comment son esprit fonctionne. Elle demeure aussi impénétrable pour moi que les « œuvres » élaborées qui barbouillent ses murs. Elle a eu, à un moment donné, un ami artiste. C'est lui qui a peint sur ses murs chaulés ces grandes traînées noires qui détonnent dans cette chambre raffinée, avec ses meubles blancs et ses joujoux en peluche. Le garçon aurait été mieux inspiré de peindre un ange ou une fée. Il espérait, je l'avais bien vu, que sa générosité et son talent lui assureraient une place dans le cœur d'Ayoola, ou au moins dans son lit, mais comme il était court sur pattes et avait les dents en bataille, il avait dû se contenter d'une caresse sur la tête et d'une canette de Coca.

Elle commence à chanter, faux. Je toussote. « Ayoola. »

Elle se retourne, toujours en dansant ; son sourire s'élargit. « C'était bien, le boulot ?

— Ça allait.

— Cool. » Elle secoue les hanches, plie les genoux. « Je t'ai appelée.

— J'étais occupée.

— Je voulais passer te chercher pour déjeuner.

— Merci, mais, en général, je déjeune sur place.

— O.K.

— Ayoola ? je reprends, avec douceur.

— Mm ?

— Je devrais peut-être garder le couteau. »

Les mouvements ralentissent jusqu'à se réduire à une oscillation ponctuée, de temps à autre, d'un balancement de bras. « Quoi ?

— J'ai dit : je devrais peut-être garder le couteau.

— Pourquoi ?

— Eh bien… tu n'en as pas besoin. »

Elle soupèse mon argument. Cela lui prend le temps qu'il faut à une feuille de papier pour s'enflammer.

« Non merci. Je pense que je vais le garder. » Elle accélère le tempo de sa danse, et s'éloigne de moi en virevoltant. Je décide d'essayer une autre approche. Je baisse le volume de l'iPod. Elle se retourne vers moi, l'air agacé. « Quoi encore ?

— Ce n'est pas une bonne idée de le garder ici, tu sais. Si jamais les autorités avaient l'idée de fouiller la maison... On pourrait le jeter dans la lagune, et réduire le risque de se faire choper. »

Elle croise les bras et étrécit les paupières. On se dévisage un instant, puis elle relâche ses bras en soupirant.

« Le couteau est important pour moi, Korede. C'est tout ce qui me reste de lui. »

Devant un autre public, cet étalage de sentimentalité pourrait peser. Mais moi, elle ne peut pas me berner. En a-t-elle, seulement, des sentiments ? Ça aussi, c'est un mystère.

Je me demande où elle cache le couteau. Je ne le vois jamais, sauf quand j'ai aussi l'occasion de contempler un corps qui se vide de son sang à mes pieds, et même dans ce cas, parfois, le couteau n'est nulle part en vue. Bizarrement, je ne peux pas l'imaginer se résoudre à poignarder un homme si elle n'avait pas ce couteau-là sous la main ; c'est presque comme si c'était lui qui décidait de donner la mort, indépendamment de la volonté d'Ayoola. Cela dit, est-ce si difficile à croire ? Qui osera prétendre que derrière tout objet ne se cache pas une intention ? Ou que les intentions cachées de ses anciens propriétaires ne continuent pas à l'orienter vers sa raison d'être ?

PÈRE

Ayoola a hérité de son couteau (et par « hérité », j'entends qu'elle se l'est approprié avant même que notre père ait été porté en terre). C'était cependant logique qu'elle le prenne – ce couteau était l'objet dont il était le plus fier.

Il le conservait dans son fourreau et le rangeait dans un tiroir fermé à double tour mais, dès que nous avions des invités, il le sortait pour le leur faire admirer. Il tenait la longue lame incurvée entre deux doigts et attirait l'attention de son public sur les ciselures noires, en forme de virgule, qui ornaient la garde en os. Cette présentation s'accompagnait généralement d'une histoire.

Parfois, le couteau lui avait été offert par un collègue de l'université – Tom, pour le remercier de lui avoir sauvé la vie lors d'un accident de bateau. D'autres fois, il l'avait arraché des mains d'un soldat qui avait bien bien failli le tuer avec. Ou bien enfin (et celle-là était sa préférée), le couteau était le gage de reconnaissance venu couronner la conclusion d'un contrat passé avec un cheik. Le cheik était si satisfait de l'issue de la transaction qu'il avait tenu à offrir à notre père soit sa propre fille, soit ce couteau – ultime réalisation d'un artisan mort depuis longtemps. La fille avait un œil paresseux ; notre père avait choisi le couteau.

Ces histoires étaient pour nous ce qui se rapprochait le plus des histoires du soir. Nous prenions plaisir à assister au moment où il dégainait le couteau d'un geste ample et qui faisait machinalement se recroqueviller les invités. Cela l'amusait toujours. Il les encourageait à examiner l'arme de plus près et il se délectait de les entendre pousser des oh et des ah ; il branlait du chef, satisfait. Quand, inévitablement, quelqu'un posait la question tant attendue – « Où l'avez-vous eu ? » – il regardait le couteau comme s'il le voyait pour la première fois, il tournait la lame dans un sens, dans l'autre, jusqu'à ce qu'elle accroche la lumière, puis il se lançait dans la fable qu'il jugeait la mieux adaptée à son public du jour.

Les invités partis, il le lustrait méticuleusement avec un chiffon doux et de l'huile à piston, pour effacer le souvenir des mains qui l'avaient touché. J'observais comment, d'une pression, il extrayait quelques gouttes du petit flacon, avant d'étaler le liquide le long de la lame, délicatement, du bout d'un doigt, par mouvements circulaires. C'était les seules occasions où je l'ai vu manifester de la tendresse. Il prenait son temps, et ne remarquait que rarement ma présence. Quand il se levait pour aller rincer la lame, c'était pour moi le signal du départ. Non parce que ça sonnait aussi la fin du rituel du nettoyage, mais parce qu'il me semblait plus avisé de m'éclipser, au cas où l'humeur de mon père changerait en cours de route.

Un jour où elle le croyait absent pour la journée, Ayoola était entrée dans son bureau et avait trouvé le fameux tiroir déverrouillé. Elle avait sorti le couteau pour l'examiner et l'avait taché avec ses doigts pleins de chocolat. Elle se trouvait encore dans la pièce lorsque notre père était revenu. Il avait empoigné Ayoola et l'avait traînée par les cheveux en vociférant. J'étais arrivée pile à temps pour voir ma sœur dinguer à l'autre bout du couloir.

Qu'elle ait pris le couteau ne me surprend pas. Et si j'y avais pensé la première, je l'aurais écrasé à coups de marteau.

COUTEAU

Où le planque-t-elle ? Sous son matelas ? Dans un tiroir de sa commode ? Dans ce tas de vêtements abandonnés en vrac dans son dressing ? Mon regard rôde dans la chambre, et celui d'Ayoola le suit à la trace.

« Tu n'es pas en train de songer à venir le récupérer en douce, n'est-ce pas ?

— Je ne comprends pas pourquoi tu en as besoin. C'est dangereux de le garder ici. Donne-le-moi, je le mettrai en lieu sûr. »

Elle soupire et fait « non » de la tête.

« C'est non. »

ÈFÓ [1]

Je n'ai presque rien pris de mon père – physiquement parlant. Quand je regarde ma mère, je contemple celle que je vais devenir – encore que, j'aurais beau m'y employer de toutes mes forces, jamais je ne pourrais lui ressembler complètement.

Elle est échouée sur le canapé, en bas dans le salon, plongée dans un roman à l'eau de rose – une belle histoire à dormir debout qui parle de cet amour qu'elle n'a jamais connu. À côté d'elle dans un fauteuil, Ayoola, épaules voûtées sur son téléphone, fait défiler des trucs sur son écran.

« Tu vas cuisiner ? me demande maman quand je passe devant elles pour gagner la cuisine.

— Oui.

— Korede, apprends donc comment faire à ta sœur. Comment s'occupera-t-elle de son mari, si elle ne sait pas cuisiner ? »

Ayoola fait la moue mais ne dit rien. Être dans la cuisine ne la dérange pas. Elle aime bien goûter à tout ce qui lui passe à portée des yeux.

---

1. Potée aux épinards, spécialité nigériane.

Chez nous, la petite bonne et moi-même assurons l'essentiel des repas ; ma mère cuisine, elle aussi, mais moins souvent que du temps où il était encore là. Quant à Ayoola... ce serait intéressant de savoir si les efforts qu'elle peut consentir se cantonnent ou pas à glisser une tranche de pain dans le grille-pain.

« Pas de problème », réponds-je tandis qu'Ayoola se lève pour me rejoindre.

La petite bonne a préparé tout ce dont je vais avoir besoin. Les ingrédients sont lavés, émincés, hachés, réservés sur le comptoir. Je l'aime bien, cette fille. Elle est ordonnée, calme et posée mais, surtout – et c'est le plus important –, elle ne sait rien de lui. Après le décès, nous nous sommes séparées de tout le monde, pour des raisons d'ordre « pratique ». Nous sommes restées un an sans personnel, ce qui est plus compliqué qu'il n'y paraît dans une maison de cette taille.

Le poulet est déjà en train de bouillir. Ayoola soulève le couvercle et libère une colonne de vapeur chargée de graisse et de Maggi. Elle respire le fumet et humecte ses lèvres couleur cerise. « Miamm ! » La petite bonne rougit.

« Je pourrais peut-être vous aider à goûter, si c'est prêt, suggère Ayoola tout sourire.

— Tu pourrais peut-être nous aider en hachant les épinards. »

Ayoola jette un coup d'œil aux ingrédients prêts à l'emploi. « Mais ils le sont déjà.

— Il m'en faut d'autres. » La petite bonne file déjà chercher un autre boisseau de feuilles, mais je l'arrête. « Non, laisse Ayoola s'en charger. »

Ayoola lâche un soupir démonstratif mais va chercher les épinards dans l'arrière-cuisine. Quand elle attrape un couteau, involontairement, je pense à Femi, avachi dans la salle de bains, la main à portée de sa blessure, comme s'il avait essayé d'arrêter l'hémorragie. Combien de temps s'est écoulé avant qu'il meure ? Ayoola tient le couteau mollement, elle hache les feuilles rapidement et grossièrement, en le maniant comme le ferait un enfant, sans se soucier de l'aspect du résultat. Je suis tentée de l'interrompre. La petite bonne s'efforce de ne pas rire. Je soupçonne Ayoola de se surpasser pour m'agacer.

Mieux vaut l'ignorer. Je verse de l'huile de palme dans une casserole, j'ajoute les oignons et les piments, qui ne tardent pas à rissoler.

« Ayoola – tu regardes ?

— Mm mm », fait-elle en s'accoudant au comptoir et en pianotant d'une seule main, à toute vitesse, sur son téléphone. Dans l'autre main, elle tient toujours le couteau de cuisine. Je m'approche d'elle, je détache ses doigts du manche et lui soustrais le couteau. Elle bat des paupières.

« Concentre-toi s'il te plaît ; après ça, on ajoute le *tàtàsé*[1].

— Pigé. »

Sitôt que j'ai le dos tourné, le cliquetis du clavier reprend. Je suis tentée de réagir, mais j'ai laissé l'huile de palme chauffer trop longtemps, elle commence à cracher et à siffler. Je baisse la flamme et décide d'oublier ma sœur pour l'instant. Si elle veut apprendre, elle le fera.

« Qu'est-ce qu'on prépare, déjà ? »

Elle se moque de moi ?

« De l'*èfó* », répond la petite bonne

Ayoola opine avec solennité et incline son téléphone sur l'*èfó* en train de mijoter, juste au moment où j'ajoute les épinards.

---

1. Variété de poivre très piquant.

« Salut tout le monde ! *Èfó* en téléchargement ! »

Je me fige, une poignée d'épinards dans la main. Est-elle vraiment en train de charger une vidéo sur Snapchat ? Je m'arrache de ma transe et lui arrache le téléphone des mains, j'appuie sur effacer ; au passage, je dépose des empreintes huileuses sur l'écran du téléphone.

« Hé !

— C'est trop tôt, Ayoola. Beaucoup trop tôt. »

N° 3

« Avec Femi, ça fait trois, vous savez. Et à trois, on vous catalogue tueur en série. »

Je chuchote ces derniers mots, au cas où quelqu'un passerait devant la porte de Muhtar, où mes mots traverseraient les cinq centimètres de bois et iraient chatouiller les oreilles qui traînent. À part faire des confidences à un homme dans le coma, je ne prends aucun risque.

La nuit dernière, je n'arrivais pas à fermer l'œil, alors plutôt que de continuer à compter à l'envers, je me suis assise à mon bureau, j'ai allumé mon ordinateur portable, et je me suis surprise à taper « Tueur en série » dans la barre de recherche Google. À 3 heures du matin. Et c'était là, écrit noir sur blanc : trois meurtres ou plus... bam ! Tueur en série.

Je me frictionne les jambes pour chasser les fourmillements. Cela servirait à quoi de partager cette information avec Ayoola ?

« Quelque part, au fond d'elle-même, elle doit bien le savoir, non ? »

Je regarde Muhtar. Sa barbe a repoussé. Si on ne la rase pas au moins tous les quinze jours, elle fait des nœuds et menace d'envahir la moitié de son visage.

Quelqu'un a dû sauter certaines tâches de sa liste de soins. Dans ces cas-là, c'est généralement Yinka la coupable.

Un sifflement discret dans le couloir, qui se rapproche. Tade. Quand il ne chante pas, il fredonne, et quand il est las de fredonner, il siffle. Cet homme est une boîte à musique ambulante. L'entendre me remonte le moral. Je vais ouvrir la porte juste au moment où il approche. Il me sourit.

J'agite la main, puis je la laisse tomber en me reprochant mon empressement. Un sourire aurait largement suffi.

« J'aurais dû me douter que tu serais ici. »

Il ouvre un dossier, y jette un œil puis me le tend. C'est le dossier de Muhtar. Il n'y a rien de particulier à signaler. Son état n'a pas empiré, mais ne s'est pas amélioré non plus. L'heure de la décision se rapproche. Je regarde encore une fois Muhtar. Il est en paix et je l'envie pour ça. Chaque fois que je ferme les yeux, je vois un homme mort. Je me demande comment ça serait de ne plus rien voir, comme avant.

« Je sais que tu t'inquiètes pour lui. Je veux juste m'assurer que tu es préparée si jamais... »

Il laisse sa phrase en suspens.

« C'est un patient, Tade.

— Je sais, je sais. Mais il n'y a pas de honte à se préoccuper du destin d'un autre être humain. »

Il m'effleure l'épaule ; un geste de réconfort. Muhtar finira par mourir un jour, mais il ne baignera pas dans une mare de son propre sang avant d'aller nourrir les colonies de crabes qui prospèrent dans la lagune. Sa famille saura ce qui lui est arrivé. La main tiède de Tade s'attarde sur mon épaule et je me raccroche à ça.

« Pour parler d'un sujet plus gai, il paraîtrait que tu vas être promue infirmière en chef ! » me dit-il, en retirant brusquement sa main. Je ne tombe pas des nues ; le poste est vacant depuis un certain temps et qui d'autre pourrait l'occuper ? Yinka ? Je suis bien plus préoccupée par la main qui a déserté mon épaule.

« C'est génial, je réponds, parce que c'est ce qu'il attend que je dise.

— Quand ce sera officiel, on fêtera ça.

— Cool. » J'espère que mon ton était nonchalant.

CHANSON

De tous les médecins, c'est Tade qui a le bureau le plus exigu, mais je ne l'ai jamais entendu se plaindre. Et s'il lui arrive de trouver ça injuste, il ne le montre pas.

Cela étant, aujourd'hui, la taille de son bureau joue en notre faveur. À la vue de l'aiguille, la fillette détale en direction de la porte. Ses jambes n'étant pas bien longues, elle ne va pas loin. Sa mère la rattrape.

« Non ! » proteste la fillette, coups de pied et griffures à l'appui. On dirait une poule sauvage. La mère serre les dents et encaisse la douleur. Je me demande si c'est ce qu'elle imaginait, pendant sa grossesse, quand elle posait fièrement devant l'objectif pour son album et festoyait avec ses copines lors de la *baby shower*.

Tade plonge la main dans la coupe de friandises qui trône sur son bureau à l'intention de ses jeunes patients. La fillette repousse la sucette d'un revers de main mais le sourire de Tade ne faiblit pas ; il commence à chanter. Sa voix remplit la pièce, submerge mon cerveau. Tout se fige. L'enfant marque un temps d'arrêt, déroutée. Elle regarde sa mère, qui est elle aussi subjuguée par la voix. Et peu importe qu'il soit en train de chanter une comptine. On a pareillement la chair de poule. Y a-t-il quelque chose de plus beau qu'un homme avec une voix profonde comme un océan ?

Je me tiens devant la fenêtre et, en baissant les yeux, j'avise dans la rue un petit rassemblement, des regards levés, des doigts tendus. Tade allume rarement l'air conditionné et, en général, sa fenêtre est ouverte. Il aime bien, tout en travaillant, entendre Lagos, m'a-t-il expliqué – les klaxons ininterrompus, les cris des marchands ambulants, les crissements de pneus sur l'asphalte. Maintenant, c'est Lagos qui l'écoute.

La petite fille renifle et essuie sa morve du dos de la main. Elle s'avance vers Tade en se dandinant. Quand elle sera grande, elle se souviendra de lui comme de son premier amour. Elle se remémorera le dessin parfait de son nez courbé et son regard expressif. Mais même si elle oublie ses traits, sa voix continuera de l'accompagner dans ses rêves.

Il la soulève dans ses bras et sèche ses larmes avec un mouchoir en papier. Puis me regarde, l'air d'attendre quelque chose. Je m'arrache à ma rêverie. La fillette ne remarque pas que je m'approche d'elle avec l'aiguille. Elle ne réagit pas lorsque j'essuie sa cuisse avec un coton imbibé d'alcool. Elle essaie de chanter avec lui, de sa voix entrecoupée de temps à autre par un reniflement ou un hoquet. Sa mère tripote nerveusement son alliance, comme si elle envisageait de la retirer. J'hésite à lui tendre un mouchoir en papier pour endiguer le filet de salive qui menace de couler sur son menton.

La fillette se crispe lorsque je lui injecte le contenu de la seringue, mais Tade la tient fermement. C'est terminé en un clin d'œil.

« Quelle petite fille courageuse ! » la félicite-t-il. Elle est rayonnante, maintenant, et toute disposée à accepter sa récompense, une sucette à la cerise.

« Vous savez drôlement y faire, avec les enfants, s'extasie la mère. Vous en avez ?

— Non. Pas encore... » Il lui sourit, en exhibant ses dents parfaites. Cette femme est toute pardonnée de croire que ce sourire n'est destiné qu'à elle seule, mais c'est celui dont il gratifie tout le monde. Y compris moi. La femme rougit.

« Et... Vous n'êtes pas marié ? « (Madame, vous voulez vraiment deux maris ?)

« Non, non.

— J'ai une sœur, qui est très...

— Dr Otumu, voici l'ordonnance. »

Tade lève les yeux vers moi, dérouté par ma brusquerie. Plus tard, il me dira gentiment, toujours gentiment, que je ne devrais pas interrompre les patients lorsqu'ils sont en train de parler. Les gens viennent à l'hôpital pour guérir et, parfois, ce n'est pas seulement leur corps qui a besoin d'attention.

ROUGE

Yinka est en train de se vernir les ongles au comptoir de l'accueil. Bunmi, qui me voit arriver, la pousse du coude, en pure perte – Yinka ne va pas s'interrompre pour moi. Elle prend acte de ma présence avec un sourire félin.

« Korede, quelles belles chaussures !

— Merci.

— Les vraies doivent coûter très cher. »

Bunmi s'esclaffe et en avale de travers sa gorgée d'eau, mais je ne vais pas m'abaisser à mordre à l'hameçon. La voix de Tade résonne encore dans mon corps et continue de m'apaiser comme elle a apaisé la fillette. J'ignore Yinka et m'adresse à Bunmi :

« Je vais faire ma pause déjeuner maintenant. »

Je monte au deuxième avec ma boîte et je frappe à la porte de Tade, j'attends que sa voix mélodieuse me prie d'entrer. Gimpe, une autre femme de ménage (avec pareil contingent d'agents d'entretien, on pourrait espérer que l'hôpital soit immaculé), regarde dans ma direction et m'adresse un sourire amical et entendu – qui fait saillir ses pommettes hautes. Je refuse d'y répondre ; cette femme ne sait rien de moi. J'essaie de faire taire ma nervosité et je toque de nouveau discrètement à la porte.

« Entrez. »

Cette fois, ce n'est plus l'infirmière qui pénètre dans son bureau. J'apporte du riz et de l'*èfó*. Je vois bien que Tade hume les effluves sitôt que j'entre.

« À quoi dois-je cet honneur ?

— Comme tu prends rarement le temps de profiter de ta pause déjeuner... je me suis dit que j'allais faire venir le déjeuner à toi. »

Il accepte la boîte que je lui tends et jette un œil à l'intérieur en inspirant à pleins poumons.

« C'est toi qui as préparé ça ? Ça sent divinement bon !

— Tiens. » Je lui tends une fourchette, et il attaque.

« C'est... Korede... Oh la la ! Tu vas faire une épouse fantastique. »

Je suis sûre que, sur une photo, mon sourire déborderait du cadre, quel qu'en soit le format. Je le sens jusque dans mes orteils.

« Je vais devoir manger le reste plus tard, me dit-il. Il faut que je termine ce rapport. »

Je me lève du coin de bureau dont j'avais fait mon perchoir, et je lui propose de repasser pour récupérer le Tupperware.

« Korede, franchement, merci. Tu es la meilleure. »

Dans la salle d'attente, une femme essaie de calmer un bébé en pleurs en le berçant, mais rien n'y fait, ce qui tape sur les nerfs de certains patients. Et sur les miens, aussi. Je me dirige vers la femme pour lui tendre un hochet, en espérant sans trop y croire qu'il va distraire le bébé. Pile à ce moment-là, les portes de l'entrée coulissent et...

Ayoola fait son entrée. Toutes les têtes sans exception se tournent vers elle, comme aimantées. Je reste plantée avec mon hochet, en essayant d'assimiler ce qui se passe. C'est comme si elle avait fait entrer la lumière du soleil avec elle. Sa robe chemisier jaune vif ne dissimule vraiment pas grand-chose de sa généreuse poitrine. Ses pieds sont en vert, perchés sur des talons dont la hauteur compense les centimètres qui lui manquent, et sa pochette blanche est assez grande pour abriter une arme de poing.

Guillerette, elle vient vers moi d'un pas nonchalant. J'entends un homme étouffer un « sacredieu ! ».

« Ayoola, que fais-tu ici ? » Le nœud dans la gorge étrangle ma voix.

« C'est l'heure de déjeuner !

— Et ? »

Sans répondre à ma question, elle dérive vers le comptoir. Les infirmières la dévorent des yeux et elle les gratifie de son plus beau sourire. « Vous êtes des amies de ma sœur ? »

Les filles sont bouche bée.

« Vous êtes la sœur de Korede ? » couine Yinka. Je vois bien qu'elle cherche à faire le lien, qu'elle nous compare. La ressemblance est indéniable – nous avons la même bouche, les mêmes yeux – mais Ayoola ressemble à une poupée Bratz, et moi à une figurine vaudoue. Yinka, avec son nez de chérubin et ses lèvres charnues, est probablement l'employée la plus séduisante de St Peter, mais elle fait si pâle figure à côté d'Ayoola qu'elle en devient insignifiante. Et elle le sait ; elle fait bouffer ses luxueuses extensions du bout des doigts et elle a redressé les épaules.

« C'est quoi, ce parfum ? demande Bunmi. On dirait… c'est vraiment… »

Ayoola lui chuchote quelque chose au creux de l'oreille. « C'est notre petit secret, d'accord ? » ajoute-t-elle en s'écartant. Elle lui décoche un clin d'œil et le visage d'ordinaire impassible de Bunmi s'illumine.

Bon, ça suffit.

À peine ai-je le temps d'arriver au comptoir que j'entends la voix de Tade. Mon cœur s'affole. J'attrape Ayoola et la traîne vers la sortie.

« Hé !

— Tu ne peux pas rester là !

— Quoi ? Pourquoi ? Pourquoi es-tu aussi...

— Que se pas... ? » Tade laisse sa question mourir sur ses lèvres et mon sang se fige. Ayoola réussit à m'échapper ; ça n'a pas d'importance ; c'est trop tard, de toute façon. Il a posé les yeux sur Ayoola et ses pupilles se dilatent. Il rajuste son manteau. « Que se passe-t-il ? répète-t-il, d'une voix devenue rauque.

— Je suis la sœur de Korede. »

Le regard de Tade coulisse vers moi, puis vers elle. « Je ne savais pas que tu avais une sœur. » Il s'adresse à moi, sans la quitter des yeux.

Ayoola pince les lèvres. « Je crois que je lui fais honte. »

Il lui sourit ; c'est un sourire empreint de bienveillance. « Sûrement pas. Qui pourrait avoir honte de vous ? Excusez-moi, je n'ai pas retenu votre prénom.

— Ayoola. » Elle lui tend la main, telle une reine à un sujet.

Tade la serre délicatement. « Je m'appelle Tade. »

ÉCOLE

Je ne sais pas identifier l'instant exact où j'ai compris qu'Ayoola était belle et que... je ne l'étais pas. Ce que je sais, en revanche, c'est que j'avais conscience de mon infériorité bien avant ça.

Le collège et le lycée peuvent être cruels. Les garçons dressaient des listes et décernaient des 8 – aux silhouettes qui épousaient les courbes d'une bouteille de Coca-Cola – ou des 1 – à celles qui avaient les caractéristiques d'un bâton. Ils dessinaient les filles en exagérant leurs meilleurs ou leurs pires traits puis punaisaient leurs œuvres au tableau d'affichage, à la vue de tous – du moins jusqu'à ce que les professeurs les enlèvent, en tirant d'un coup sec, de sorte qu'un fragment de papier restait prisonnier de la punaise, comme pour nous narguer.

Quand ils me dessinaient, ils m'affublaient de lèvres qui auraient pu appartenir à un gorille et d'une paire d'yeux qui dévoraient tout le visage. Les garçons, me consolais-je, sont des êtres bêtes et immatures. Ça m'était donc égal qu'ils ne veuillent pas de moi ; et ça m'était égal que ceux qui me tournaient autour s'imaginent que, par gratitude, j'allais faire leurs quatre volontés. Je les tenais tous à l'écart. Je me moquais des filles qui se pâmaient devant tel ou tel, je jugeais celles qui embrassaient et ne ratais jamais une occasion de les mépriser. Moi, j'étais au-dessus de tout ça.

Personne n'était dupe.

Après deux années de collège, je m'étais endurcie et j'étais prête à protéger ma petite sœur qui devrait indubitablement endurer le même traitement. Le sien serait peut-être même pire. Elle viendrait me trouver tous les jours en pleurant et je la prendrais dans mes bras pour la consoler. Ce serait nous deux contre le monde entier.

D'après la rumeur, le jour même de la rentrée, un garçon de seconde S2 avait demandé à sortir avec elle. C'était du jamais vu. Les garçons du lycée ne s'intéressaient pas aux collégiennes, et ceux qui faisaient entorse à la règle s'en vantaient rarement. Ayoola avait dit non. Mais j'avais reçu le message cinq sur cinq.

TACHE

« Je me disais juste qu'on devrait déjeuner ensemble.

— Faux, tu voulais voir où je travaille.

— Et quel mal y a-t-il à ça, Korede ? s'exclame ma mère. Tu travailles à St Peter depuis un an et ta sœur n'y a encore jamais mis les pieds ! »

Ma mère est indignée, comme elle l'est par toute injustice qui affecte, selon elle, Ayoola.

La petite bonne arrive de la cuisine et pose une marmite sur la table. Ayoola se penche et remplit son bol. Ma mère et moi ne sommes pas encore servies qu'elle trempe déjà son *àmàlà*[1] dans la soupe.

Chacune de nous est assise à sa place habituelle de part et d'autre de la table rectangulaire – ma mère et moi du côté gauche, Ayoola, du droit. Il y avait autrefois une chaise en bout de table, mais je l'ai brûlée ; elle a fini en cendres dans un grand feu de jardin. Nous n'en parlons jamais. Nous ne parlons jamais de lui.

« Tatie Taiwo a appelé, annonce maman.

— Ah bon ?

---

1. Bouchée à base de farine de yam ou de plantain.

— Oui. Elle a dit qu'elle aimerait avoir plus souvent de vos nouvelles. » Maman marque une pause ; elle attend que l'une de nous réponde ou réagisse.

« Tu peux me passer l'*okro*[1], s'il te plaît ? » je demande.

Ma mère me passe l'*okro* et change de sujet, vu que le précédent n'a appâté personne,

« Au fait, Ayoola m'a dit qu'il y avait un charmant docteur, là où tu travailles. »

Je lâche le bol d'*okro*, qui se répand sur la table – c'est vert, huileux, et ça pénètre rapidement dans la nappe à fleurs.

« Korede ! »

Je tapote la nappe avec une serviette, j'entends à peine le reproche – trop de pensées s'amusent à dévorer mon cerveau.

Je sens qu'Ayoola me fixe. La petite bonne accourt pour nettoyer la tache, mais elle utilise de l'eau et ne réussit qu'à aggraver les choses.

---

1. Gombo.

MAISON

Je suis en train de contempler le tableau accroché au-dessus du piano dont personne ne joue.

Ce tableau, il en avait passé commande après avoir refourgué une cargaison de voitures remises à neuf à un concessionnaire qui n'y avait vu que du feu, et il représente notre maison – la maison que ses combines douteuses ont financée. (Quel intérêt d'accrocher chez soi une peinture de la maison dans laquelle on habite ?)

Enfant, je me plantais devant le tableau, et je rêvais d'entrer dans cette maison. J'imaginais que d'autres que nous vivaient derrière ses murs aquarellés. Et qu'au-delà de la pelouse verte, des colonnes blanches et de l'imposante porte en chêne, tout n'était que rires et amour.

Le peintre avait même ajouté un chien qui aboyait à un arbre, comme s'il savait que nous en avions un autrefois. Le nôtre était marron, placide, et il avait commis l'erreur de se soulager dans son bureau. Nous ne l'avions jamais plus revu. Le peintre ne pouvait pas savoir ça ; et pourtant, il y avait un chien dans le tableau et je jure que parfois je l'entendais aboyer.

Notre maison ne pourra jamais rivaliser de beauté avec le tableau, avec son aube rose perpétuelle, ses feuilles éternellement vertes, sa haie d'enceinte aux tonalités de jaune et de violet surnaturelles. La maison du tableau conserve des murs d'un blanc éclatant ; dans la réalité, faute d'avoir pu les ravaler, ils se sont ternis et ils ont jauni.

Quand il est mort, pour nous renflouer, j'ai vendu tous les tableaux qu'il avait achetés. Ce n'était pas une grande perte. Si j'avais pu me débarrasser de la maison tout court, je l'aurais fait, mais c'est lui qui l'avait fait construire et elle n'était pas hypothéquée. (De toute façon, aucun acquéreur n'était intéressé par une maison de cette taille, bâtie de surcroît sur une parcelle dont les titres étaient, au mieux, suspects.) Donc plutôt que de déménager dans un appartement, nous avons supporté comme on l'a pu les coûts de maintenance de notre grandiose demeure de style colonial et riche en passé.

Avant de rejoindre la cuisine, je jette un dernier coup d'œil au tableau. Il n'y a aucun personnage, ce qui est aussi bien. Mais si on plisse les yeux, derrière une fenêtre, on distingue une ombre qui pourrait être celle d'une femme.

« Ta sœur recherche juste ta compagnie, tu sais. Tu es sa meilleure amie. »

Ma mère s'est postée à côté de moi. Elle continue à parler d'Ayoola comme d'une enfant, plutôt que d'une femme qui s'entend rarement dire « non ». « En quoi est-ce gênant qu'elle passe de temps en temps te voir à ton travail ?

— C'est un hôpital, maman, pas un jardin public.

— Oui, on l'avait compris. Tu regardes trop ce tableau », ajoute-t-elle, en changeant de sujet. Je tourne la tête, mon regard tombe sur le piano.

Lui aussi, nous aurions dû le vendre. Je passe un doigt le long du couvercle et dessine un trait dans la poussière. Ma mère soupire et s'éloigne parce qu'elle sait que je ne trouverai pas le repos tant qu'il restera un grain de poussière sur le piano. Je pars chercher un assortiment de chiffons. Si seulement ils pouvaient aussi faire disparaître tous nos souvenirs.

BREAK

« Tu ne n'avais pas dit que tu avais une sœur...

— Mm...

— J'étais étonné, parce que je sais où tu as été à l'école, je connais le nom de ton premier copain, je sais même que tu adores le pop-corn nappé de sirop...

— Tu devrais vraiment essayer, un de ces jours.

— ... mais je ne savais pas que tu avais une sœur.

— Eh bien, tu le sais, maintenant. »

Je tourne le dos à Tade et je rassemble les aiguilles usagées sur le plateau en métal. Il pourrait se charger de ça lui-même, mais j'aime bien trouver des petits trucs pour lui faciliter le travail. Assis à son bureau, il est train d'écrire, voûté sur sa feuille. Quelle que soit la vitesse à laquelle il écrit, les lettres sont amples, liées entre elles. C'est net et lisible. Le frottement du stylo s'interrompt et Tade s'éclaircit la voix.

« Elle a quelqu'un ? »

Je songe à Femi qui dort sur le plancher de l'océan et se fait grignoter par les poissons. « Elle fait un break.

— Un break ?

— Oui. Elle va rester seule pendant un petit moment.

— Pourquoi ?

— Ses histoires ont tendance à ne pas durer. Et à mal se terminer.

— Ah... les mecs peuvent être de vrais crétins. » La remarque est étrange venant d'un *mec*, mais Tade a toujours fait preuve de sensibilité. « Tu crois qu'elle verrait un inconvénient à ce que tu me donnes son numéro de téléphone ? » Je me représente Tade, escorté par des bancs de poissons, en train de sombrer pour aller rejoindre Femi sur le plancher de l'océan.

Je repose délicatement la seringue pour éviter de me piquer par accident.

« Il faudra que je lui pose la question. »

Mais je n'en ferai rien. S'il ne l'a pas sous les yeux, Ayoola ira se perdre dans les confins de son esprit comme un courant d'air frais par une chaude journée.

DÉFAUT

« Vous avez le même père et la même mère ?

— Elle t'a dit qu'elle était ma sœur.

— Mais... ta sœur, ou ta demi-sœur ? Elle a l'air métissée. »

Yinka commence sérieusement à me taper sur les nerfs. Le plus triste, c'est que ses questions n'ont rien d'exceptionnel, et ce ne sont pas non plus les plus odieuses qu'on m'ait posées. Après tout, Ayoola est petite – son seul défaut, si on estime que c'en est un – quand moi je frôle le mètre quatre-vingts ; sa carnation se situe entre le crème et le caramel là où moi j'ai la couleur d'une noix du Brésil non émondée ; elle n'est que courbes et je suis toute en angles.

« As-tu prévenu le Dr Imo que la salle de radio est prête ? je demande sèchement.

— Non, je...

— Eh bien, je te suggère de le faire. »

Je tourne les talons avant qu'elle puisse invoquer quelque bonne excuse. Au deuxième étage, Assibi est en train de faire les lits et Mohammed flirte avec Gimpe pile devant moi. Ils sont tout près l'un de l'autre, Mohammed se tient penché vers elle, en prenant appui sur le mur. Il faudra qu'il astique l'endroit où sa main s'est posée. Aucun des deux ne m'a vue – lui me tourne le dos, et Gimpe a les yeux baissés, affairée qu'elle est à boire ses flatteries mielleuses. Elle ne sent donc pas qu'il pue ? Sans doute pas ; elle non plus ne sent pas très bon. Il émane d'elle un relent de transpiration, de cheveux sales, de produits d'entretien, de corps décomposés sous un pont...

« Korede ! »

Je bats des paupières : le couple s'est évaporé. Apparemment, ça fait un petit moment que je suis là, tapie dans l'ombre, perdue dans mes pensées. Bunmi me dévisage d'un air narquois. Je me demande combien de fois elle m'a appelée avant que je réagisse. Bunmi est difficile à cerner. On dirait qu'il ne se passe pas grand-chose dans son lobe frontal.

« Qu'y a-t-il ?

— Ta sœur est en bas.

— Pardon ? »

Je n'attends pas qu'elle répète et je n'attends pas non plus l'ascenseur – je fonce dans les escaliers. Mais lorsque j'arrive hors d'haleine à la réception, Ayoola n'est nulle part en vue. Peut-être que mes collègues ont senti combien les visites de ma sœur me perturbent ; peut-être qu'elles cherchent à m'embêter.

« Yinka, où est ma sœur ? je demande, la respiration sifflante.

— Ayoola ?

— Oui, Ayoola. Je n'en ai qu'une.

— Comment je le saurais ? Je ne savais même pas que tu en avais une. Qui me dit que tu n'en as pas dix ?

— D'accord, très bien. Où est-elle ?

— Dans le bureau du Dr Otumu. »

Je regrimpe l'escalier quatre à quatre. Le bureau de Tade se trouvant pile en face de l'ascenseur, je suis tentée de frapper à sa porte chaque fois que j'en sors.

Là, ce n'est pas le cas. Le rire d'Ayoola se réverbère dans tout le couloir – c'est un rire éclatant et sans retenue ; le rire de quelqu'un qui n'a pas l'ombre d'un souci. Je fais irruption dans le bureau.

« Oh ! Korede – salut. Pardonne-moi d'avoir volé ta sœur. À ce que j'ai compris, vous avez prévu de déjeuner ensemble. » J'évalue la scène qui se joue. Plutôt que derrière son bureau, il a choisi de s'asseoir dans l'un des deux fauteuils de devant. Ayoola est assise dans l'autre. Tade a réorienté le sien pour faire face à ma sœur, et comme si ça ne suffisait pas, il a calé ses coudes sur ses genoux et basculé le buste en avant.

Aujourd'hui, Ayoola a opté pour un dos nu blanc, un legging rose, et enroulé ses dreadlocks sur le sommet de son crâne. Elles semblent peser lourd, bien trop lourd pour elle, mais Ayoola se tient bien droite. Dans ses mains, il y a le téléphone de Tade, dans lequel elle était sans nul doute en train d'enregistrer son numéro.

Ils me regardent sans une once de culpabilité.

« Ayoola, j'ai dit que je n'ai pas le temps d'aller déjeuner dehors. »

Tade paraît surpris par mon ton, mais ne moufte pas. Il est trop bien élevé pour interrompre une querelle entre sœurs.

« T'inquiète, c'est arrangé. J'ai parlé avec cette gentille fille – Yinka. Elle sera ravie de te remplacer. »

On s'en serait douté.

« Elle n'aurait pas dû dire ça. J'ai beaucoup de travail. »

Ayoola fait la moue. Tade s'éclaircit la voix.

« Moi, je n'ai pas encore pris ma pause déjeuner. Si ça vous tente, je connais un endroit sympa à deux pas d'ici. »

Il parle de Saratobi. Leurs steaks sont super. Quand j'avais découvert l'endroit, je l'y avais emmené dès le lendemain. Et rien n'aurait pu me gâcher ce déjeuner, même pas Yinka, qui nous avait collé aux basques. Ce jour-là, j'ai appris que Tade était un supporter d'Arsenal et qu'il avait voulu, plus jeune, devenir footballeur ; qu'il était fils unique ; qu'il n'avait pas une passion pour les légumes. J'avais espéré qu'on puisse un jour renouveler l'expérience – sans Yinka – pour en apprendre un peu plus sur lui.

Ayoola lui décoche un sourire radieux.

« Génial. Je déteste manger seule. »

GARÇONNE

Ce soir-là, quand je fais irruption dans sa chambre, Ayoola est à son bureau, en train de dessiner un nouveau modèle pour sa ligne de vêtements. Elle est son propre mannequin et les photos qu'elle poste sur les réseaux sociaux génèrent une quantité de commandes qu'elle peut à peine gérer. C'est un bon stratagème marketing : on voit une belle fille super bien roulée et on se dit que, pourquoi pas – avec les bons vêtements et les bons accessoires –, on peut être aussi canon qu'elle.

Les dreadlocks font écran à son visage, mais je sais qu'il porte les marques de la concentration, qu'elle se mordille la lèvre et plisse le front. Sur sa table, il n'y a que son carnet de croquis, des crayons et trois bouteilles d'eau, dont une presque vide. Mais, alentour, tout le reste est sens dessus dessous – ses vêtements traînent par terre, débordent des placards, s'entassent sur le lit.

Je ramasse la chemise qui gît à mes pieds et je la plie.

« Ayoola ?

— Quoi de neuf ? » Elle ne relève pas la tête, ne tourne pas le regard. Je ramasse un autre vêtement.

« J'aimerais que tu arrêtes de venir sur mon lieu de travail. » J'ai capté son attention, maintenant ; elle pose son crayon à papier et pivote à 180°, ses tresses suivent le mouvement.

« Pourquoi ?

— J'aimerais juste séparer mon travail de ma vie privée.

— Très bien. » Elle hausse les épaules et retourne à son croquis. De là où je suis, je vois qu'elle dessine une robe inspirée de celles des garçonnes des années 1920.

« Et j'aimerais que tu arrêtes de parler à Tade. »

Elle pivote une fois encore vers moi, penche la tête d'un côté, l'air renfrogné. C'est étrange, de la voir se renfrogner. Elle en a si rarement l'occasion.

« Pourquoi ?

— Je ne pense pas que ce soit sage de t'embarquer dans quelque chose avec lui, c'est tout.

— Parce que je vais lui faire du mal ?

— Je ne dis pas ça. »

Elle semble méditer un instant ma réponse.

« Tu l'aimes bien ?

— Ce n'est pas vraiment la question. Je pense qu'en ce moment, tu devrais juste te tenir tranquille…

— Je t'ai dit que je n'ai pas eu le choix. Je te l'ai dit.

— … faire un break.

— Si tu as des vues sur lui, dis-le franchement. » Elle marque une pause, pour me laisser le temps de revendiquer ce qui m'appartient. « Mais, tu sais, il n'est pas vraiment différent des autres.

— De quoi parles-tu ? » Il *est* différent. Il est bon, sensible. Il chante pour les enfants.

« Il est superficiel. Il veut juste un joli visage. C'est tout ce qui les intéresse.

— Tu ne le connais pas ! « Ma voix est plus aiguë que je ne m'y attendais. « Il est bon, sensible, et il…

— Tu veux que je te le prouve ?

— Je veux juste que tu arrêtes de le voir, d'accord ?

— Eh bien, on n'obtient pas toujours ce qu'on veut, dans la vie. » Elle pivote sur sa chaise et se remet au travail. Je devrais m'en aller. Au lieu de quoi je ramasse le reste des vêtements et je les plie, l'un après l'autre, pour mettre un frein à ma colère et à l'auto-apitoiement.

MASCARA

Ma main tremble. Or il faut l'avoir ferme, quand on se maquille – chose que je ne fais jamais. J'ai toujours estimé qu'il était vain de chercher à masquer mes imperfections. Tout aussi vain que de vaporiser du désodorisant dans les toilettes avant d'en sortir – au final, inévitablement, ça sentira juste la merde parfumée.

J'ai posé mon ordinateur sur la coiffeuse et j'essaie d'imiter les gestes de la fille de la vidéo YouTube, mais ceux que je vois dans le miroir ne semblent pas correspondre. Peu importe, je persévère. Je prends le mascara et je brosse mes cils. Ils restent collés tous ensemble. J'essaie de les séparer, et je me retrouve avec du noir sur les doigts. Quand je bats des paupières, des petits pâtés restent accrochés tout autour des yeux. Je n'ai pas envie qu'ils bavent sur le fond de teint. Ça m'a déjà pris un temps fou de l'appliquer, je me contente de retouches.

J'examine mon travail dans le miroir. J'ai l'air différent, mais de là à savoir si j'ai l'air mieux... je n'en sais rien. J'ai l'air différent.

Tout ce qui ira dans mon sac à main est disposé sur la coiffeuse : deux paquets de mouchoirs en papier ;

une bouteille d'eau de trente centilitres ; un nécessaire de première urgence ; un sachet de lingettes ;
un portefeuille ; un tube de crème pour les mains ; un
bâtonnet de baume à lèvres ; un téléphone ; un tam-
pon ; un sifflet antiviol.

Soit, en gros, tout ce dont une femme ne peut se
passer. Je range ces indispensables dans mon sac et
je quitte ma chambre en refermant sans un bruit la
porte derrière moi. Ma mère et ma sœur dorment
encore, mais j'entends la petite bonne qui s'agite avec
fébrilité en cuisine. Quand je l'y rejoins, elle me tend
un verre de mon jus de fruits fétiche – orange, ananas, citron vert et gingembre. Il n'y a rien de tel pour
réveiller le corps.

L'horloge frappe les cinq coups, je pars affronter
la cohue du petit matin. J'arrive à l'hôpital à 5 h 30.
Tout est tellement silencieux, à cette heure-là, qu'on
est tenté de chuchoter. Je range mon sac derrière le
comptoir de l'accueil et j'ouvre le journal de bord
pour voir s'il s'est passé pendant la nuit quoi que
ce soit qui méritait d'être signalé. Une porte grince
dans mon dos, et Chichi se matérialise à mes côtés.

Elle a terminé sa garde, elle traîne un peu.

« Ha, ha ! Tu es maquillée ?

— Oui.

— En quel honneur ?

— Aucun, j'ai juste...

— Je n'en reviens pas – tu as même mis plusieurs
couches de fond de teint ! »

Je résiste à l'envie de me précipiter sur le sachet
de lingettes pour me récurer illico le visage.

« *Abi*[1], tu t'es trouvé un jules ?

— Quoi ?

— Tu peux me le dire, Korede. Je suis ton amie. »

---

1. C'est donc vrai ?

Je ne peux rien lui dire. Je n'aurais pas fini de parler que Chichi serait déjà en train de propager la nouvelle. Et nous ne sommes pas amies. Elle me sourit, dans l'espoir de me mettre à l'aise, mais c'est une expression qui, sur son visage, n'a rien de rassurant. Son front et ses joues sont encroûtés d'un anticerne trop clair, censé cacher une poussée d'acné (elle est pourtant sortie de la puberté bien avant ma naissance) ; son rouge à lèvres sanguinolent a filé dans les ridules autour de ses lèvres. Un sourire du Joker me mettrait plus à l'aise que le sien.

Tade arrive à 9 heures. Il n'a pas encore enfilé sa blouse et je distingue sa musculature sous sa chemise. J'essaie de ne pas la fixer de manière trop obvie. J'essaie de ne pas m'appesantir sur le fait qu'elle me rappelle celle de Femi. La première chose que Tade veut savoir, c'est : « Comment va Ayoola ? » Autrefois, il me demandait comment *moi* j'allais. Je lui réponds qu'elle va bien. Il scrute mon visage d'un air bizarre.

« Je ne savais pas que tu te maquillais...

— Ce n'est pas vraiment le cas, je voulais juste essayer quelque chose de différent... Tu en penses quoi ? »

Il considère mon ouvrage et fronce les sourcils.

« Je crois que je te préfère sans. Tu as une belle peau, tu sais. Très lisse. »

Il a remarqué ma peau !

À la première opportunité, je file aux toilettes pour me débarbouiller, et je me fige en avisant Yinka qui est en train de faire la moue à l'un des miroirs. Je recule en douce, mais pas assez vite.

« Qu'est-ce que tu fais ?

— Rien. Je m'en allais.

— Mais tu viens juste d'entrer... »

Sa suspicion est aussitôt en éveil. Elle étrécit les yeux et se rapproche de moi. Dès qu'elle s'aperçoit que je suis maquillée, elle ricane :

« Eh bien, dis-moi, il est tombé bien bas, ton amour du naturel.

— C'était juste une expérience.

— Une expérience pour gagner le cœur du Dr Tade ?

— Non ! Qu'est-ce que tu vas chercher !

— Je te taquine. Tu sais comme moi qu'Ayoola et Tade sont faits l'un pour l'autre. Ils forment un couple magnifique.

— Oui. Tout à fait. »

Yinka me sourit, mais c'est un sourire moqueur. Elle s'en va, et je respire à nouveau. Je me rue devant un lavabo, sors une lingette de mon sac, et je me frotte la peau. Une fois éliminé le plus gros, je m'asperge le visage à deux mains, pour rincer jusqu'à la dernière trace de maquillage et de larmes.

ORCHIDÉES

On nous livre à la maison un bouquet d'orchidées d'une couleur agressive. Pour Ayoola. Elle attrape la carte glissée entre les tiges. Et sourit.

« C'est de la part de Tade. »

C'est ainsi qu'il la voit ? Comme une beauté exotique ? Je me console en sachant que même les plus belles fleurs se flétrissent et se fanent.

Elle dégaine son téléphone et commence à taper un message qu'elle prononce à voix haute – « Je préfère franchement les roses. » Je devrais m'insurger. Tade est un homme qui ne fait rien à la légère. Je l'imagine chez un fleuriste, en train d'examiner un bouquet après l'autre, de poser des questions sur les variétés et les besoins en eau, avant d'arrêter un choix. Je sélectionne un vase de notre collection et je dispose le bouquet au centre de la table. Les murs du salon sont blanc cassé et il illumine cette pièce un brin solennelle. « Envoyé. »

Ce texto va le déconcerter, le décevoir, le blesser. Mais peut-être comprendra-t-il qu'elle n'est pas celle qu'il lui faut, et il laissera tomber.

À midi, nous voyons arriver une spectaculaire brassée de roses rouges et blanches. Ayoola étant sortie acheter du tissu, la petite bonne me le tend, bien qu'elle sache comme moi à qui il est adressé. Ces roses-là n'ont rien en commun avec celles, déjà un peu fripées, dont les admirateurs d'Ayoola embellissent en général notre table ; elles sont éclatantes de vie et de santé. Je me retiens d'inhaler leur parfum sucré et légèrement écœurant, et de pleurer.

Maman entre dans la pièce et marche droit vers les fleurs.

« Qui les a envoyées ?

— Tade, m'entends-je répondre – même si Ayoola n'est pas là et que je n'ai pas ouvert la carte.

— Le docteur ?

— Oui.

— Mais... il n'a pas déjà envoyé des orchidées, ce matin ? »

Je soupire. « Si. Et maintenant, il envoie des roses. »

Ma mère laisse échapper un sourire rêveur – elle est déjà en train de choisir l'*aṣọ ẹbí* pour le mariage, de dresser la liste des invités. Je la laisse à ses fantasmes et me retire dans ma chambre, qui jamais ne m'a semblé à ce point dépourvue de vie.

Le soir, quand Ayoola rentre à la maison, elle tripote les roses, les photographie, prête à poster son cliché sur les réseaux sociaux, alors je lui rappelle, une fois de plus, qu'elle a déjà un petit ami porté disparu depuis un mois, et qu'elle est censée pleurer. Elle fait la moue.

« Jusqu'à quand je suis condamnée à poster des trucs chiants et tristes ?

— Rien ne t'oblige à poster quoi que ce soit.

— Pendant combien de temps ?

— Un an, j'imagine.

— Tu te fiches de moi ?

— C'est le strict minimum, sinon, tu passeras pour une moins que rien – au mieux. » Elle scrute mon visage pour déterminer si je la considère déjà comme une moins que rien. Ces temps-ci, je ne sais plus quoi penser d'elle, ni même comment penser à elle. Femi me hante ; il s'invite sans prévenir dans ma tête, il m'oblige à douter de ce que je croyais avoir compris. Je voudrais bien qu'il me fiche la paix, mais tant ses mots que la façon dont il s'en sert, et sa beauté le mettent à part des autres. Et puis, il y a le comportement d'Ayoola. Les deux dernières fois, elle avait au moins versé une larme.

ROSES

Impossible de dormir. Je me tourne et me retourne dans mon lit, sur le côté, sur le dos, sur le ventre, j'allume, j'éteins le climatiseur. Pour finir, je me lève et je descends au salon. La maison est silencieuse. Même la petite bonne dort.

Les fleurs semblent défier l'obscurité. Je m'approche d'abord des roses et je caresse les pétales. J'en effeuille une. Puis une autre. Le temps passe lentement tandis que je dépiaute une fleur après l'autre, en chemise de nuit, jusqu'à ce qu'il y ait un lit de pétales éparpillés à mes pieds.

Le matin, j'entends ma mère hurler – son cri pénètre mon rêve et m'en arrache. Je repousse les couvertures et me précipite sur le palier ; la porte de la chambre d'Ayoola s'ouvre à son tour. J'entends ma sœur dévaler en trombe l'escalier à ma suite. Je sens la migraine pointer. La nuit dernière, j'ai massacré deux superbes bouquets de fleurs. Maintenant, ma mère contemple leurs squelettes et elle est convaincue que quelqu'un s'est introduit dans la maison.

La petite bonne fait irruption dans la pièce. « La porte d'entrée est toujours verrouillée, *ma*, pleurniche-t-elle.

— En ce cas, qui a pu... Est-ce *toi* ? lui aboie ma mère en réponse.

— Non, *ma*. Je ne ferais jamais ça, *ma*.

— Alors *qui* ? »

Si je ne me dénonce pas très vite, ma mère conclura que la petite bonne est la coupable, et elle la renverra. Après tout, qui d'autre aurait pu faire une chose pareille ? Je me mords la lèvre tandis que ma mère vitupère contre la fille, qui s'est recroquevillée sur elle-même et tremble des pieds jusqu'aux tresses. Elle ne mérite pas ces réprimandes et je sais que je dois parler. Mais comment expliquer ce qui m'est passé par la tête ? Comment avouer ma jalousie ?

« C'est moi qui l'ai fait. »

La réponse n'est pas sortie de ma bouche, mais de celle d'Ayoola.

Maman s'interrompt à mi-diatribe.

« Mais... pourquoi ?

— On s'est disputés, hier soir. Tade et moi. Il m'a cherché des poux. Je me suis vengée. J'aurais dû les jeter. Je suis désolée. »

Elle sait. Ayoola sait que c'est moi qui ai fait ça. Je garde la tête baissée, je fixe les pétales par terre. Pourquoi les ai-je abandonnés là ? J'abhorre le désordre. Ma mère secoue la tête, l'air dépassé.

« J'espère que... tu t'es excusée auprès de lui ?

— Oui, on s'est rabibochés. »

La petite bonne file chercher un balai pour faire disparaître les vestiges de mon coup de colère.

Ayoola et moi ne reparlons pas de l'incident.

PÈRE

Un jour, il me dominait de toute sa hauteur en crachant le feu de l'enfer. Il a tendu le bras vers sa canne et... il s'est effondré, et sa tête a heurté au passage la table basse en verre. Son sang était plus vermillon que celui qu'on voit à la télévision. Je me suis relevée avec circonspection et Ayoola est sortie de son abri derrière le canapé. Nous l'avons regardé, étendu à nos pieds. Pour la première fois, nous étions plus grandes que lui. Nous avons regardé la vie suinter lentement de son corps. Pour finir, j'ai réveillé ma mère, je l'ai arrachée des griffes des somnifères, et je lui ai annoncé que c'était terminé.

Cela fait dix ans, maintenant, et nous sommes censées célébrer sa mémoire, organiser une fête en son honneur. Si nous ne le faisons pas, on devra répondre à d'épineuses questions, alors nous nous appliquons scrupuleusement à donner le change.

« Et si on faisait ça ici ? » suggère maman à ce curieux comité d'organisatrices, réuni dans le salon.

Tatie Taiwo secoue la tête. « Non, trop petit. Mon frère mérite une commémoration grandiose. »

Je suis sûre qu'ils le célèbrent comme il le mérite, en enfer. Ayoola lève les yeux au ciel et mastique son chewing-gum, sans piper mot. De temps à autre, Tatie Taiwo lance un regard inquiet dans sa direction.

« Où veux-tu le faire, tatie ? je demande avec une politesse glaciale.

— Il y a une salle vraiment très bien, à Lekki. » Elle indique le nom du lieu, et je ravale un hoquet. Le montant de la contribution qu'elle se propose de faire ne couvrira même pas la moitié des frais de location d'un lieu pareil. Elle attend de nous, bien sûr, que nous puisions dans les fonds qu'il a laissés, pour crâner, en mettre plein la vue à ses amis et boire beaucoup de champagne. Il ne mérite pas qu'on dépense un seul naira, mais ma mère tient à maintenir les apparences, elle accepte. Les négociations terminées, Tatie Taiwo se rencogne dans le canapé et nous sourit. « Alors les filles, vous avez quelqu'un, en ce moment ?

— Ayoola fréquente un docteur ! annonce maman.

— Ah, merveilleux ! Vous ne rajeunissez pas, mes petites, et la concurrence est rude. Les filles ne plaisantent pas. Il y en a même qui s'approprient le mari d'une autre ! » Tatie Taiwo est l'une d'elles : elle a épousé un ex-gouverneur qui avait déjà une épouse quand ils se sont rencontrés. C'est une femme étrange. Elle vit à Dubaï et nous rend visite chaque fois qu'elle est de passage à Lagos, apparemment imperméable à l'aversion qu'elle nous inspire. Elle n'a pas eu d'enfants et elle nous a dit, un nombre incalculable de fois, qu'elle nous considérait comme ses filles de substitution. La réciproque n'est pas vraie.

« Aide-moi à le leur faire comprendre, intervient maman. C'est à croire qu'elles veulent rester éternellement dans cette maison.

— Les hommes, c'est des vraies girouettes, croyez-moi. Donnez-leur ce qu'ils veulent, et ils seront prêts à vous décrocher la lune. Gardez vos cheveux longs et brillants, ou investissez dans de belles tresses ; cuisinez-lui de bons petits plats, faites-les livrer à domicile et au bureau. Flattez-le devant ses amis, montrez-vous aimables avec eux. Agenouillez-vous devant ses parents, passez-leur un petit coup de fil les jours de fête. Faites ça, et il vous passera la bague au doigt, sans traîner. »

Ma mère opine sagement. « Très bon conseil. »

Bien évidemment, nous n'écoutons ni l'une ni l'autre : en ce qui concerne les hommes, Ayoola n'a jamais eu besoin d'aide, et moi, j'ai assez de jugeote pour ne pas me laisser dicter mes choix de vie par quelqu'un dépourvu de tout sens moral.

BRACELET

Le vendredi, Tade passe la chercher à 19 heures. Il est ponctuel et, bien entendu, Ayoola ne l'est pas. Pour tout dire, elle n'est même pas encore douchée – elle est étendue de tout son long sur le lit, en train de rire devant des vidéos de chats retravaillées avec Auto-Tune.

« Tade est là.

— Il est en avance.

— Il est 19 heures passées.

— Ah, mince ! »

Mais elle ne bouge pas d'un centimètre. Je redescends annoncer à Tade qu'elle finit de se pomponner.

« Pas de problème, j'ai tout mon temps. »

Maman est assise en face de lui, un sourire jusqu'aux oreilles, et je la rejoins sur le canapé.

« Vous disiez ?

— Oui, j'ai une passion pour l'immobilier. Mon cousin et moi sommes en train de construire un immeuble d'habitation à Ibeju Lekki. Il ne sera terminé que d'ici trois mois, mais nous avons déjà trouvé preneur pour cinq des appartements !

— C'est fantastique ! s'écrie ma mère tout en évaluant son patrimoine. Korede, offre donc quelque chose à notre invité.

— Qu'est-ce qui te ferait plaisir ? Du gâteau ? Des biscuits ? Du vin ? Du thé ?

— Je ne voudrais pas vous déranger...

— Tu n'as qu'à tout apporter, Korede. »

Je pars à la cuisine, où la petite bonne est à l'arrêt devant *Tinsel*[1]. En me voyant, elle bondit sur ses pieds et m'aide à faire main basse dans le garde-manger. Quand je retourne au salon avec les douceurs, Ayoola n'est toujours pas apparue.

Tade goûte une bouchée de gâteau. « C'est délicieux ! s'exclame-t-il. Qui l'a fait ?

— Ayoola », s'empresse de répondre ma mère, en me décochant un regard lourd d'avertissement. Le mensonge est stupide. C'est un gâteau renversé à l'ananas, moelleux et fondant. Ayoola serait incapable de faire frire un œuf quand bien même sa vie en dépendrait. Elle pénètre rarement dans la cuisine, sauf pour farfouiller dans les placards quand elle a un petit creux, ou sous la contrainte.

« Waouh ! » s'exclame-t-il en mastiquant avec entrain, ravi de cette nouvelle.

Je la vois en premier parce que je suis assise face à l'escalier. Il suit mon regard, pivote le buste. Sa respiration se fait plus bruyante. Ayoola s'est arrêtée à mi-escalier, pour se laisser admirer. Elle porte la robe de garçonne qu'elle dessinait quelques semaines plus tôt. La couleur or des perles se fond à celle de sa peau. Elle a tressé ses dreadlocks en une longue natte qu'elle a ramenée sur une épaule et elle est juchée sur des talons si vertigineux que toute autre qu'elle serait déjà, contre son gré, en bas de l'escalier.

---

1. Feuilleton nigérian, diffusé depuis 2008.

Tade se lève lentement et s'avance à sa rencontre. De la poche intérieure de sa veste, il sort un long écrin en velours.

« Tu es superbe... Tiens, c'est pour toi. »

Ayoola ouvre son cadeau. Elle sourit, en brandissant le bracelet en or afin que maman et moi puissions le voir.

TEMPS

#FemiDurandADisparu s'est fait reléguer en touche par #NaijaJollofvsKenyanJollof. Les gens ont beau être attirés par le macabre, ils se lassent vite, et la disparition de Femi a été éclipsée par la discussion du jour : quel pays fait le meilleur riz jollof ? En plus, il avait presque 30 ans, ce n'était pas un enfant. Je lis les commentaires. Certains supputent qu'il en avait ras le bol de Lagos, qu'il est allé voir ailleurs. D'autres suggèrent qu'il s'est peut-être suicidé.

Pour que les gens continuent à se soucier du sort de Femi, sa sœur a commencé à poster des poèmes qu'il avait publiés sur son blog : wildthoughts.com. Je ne peux pas m'empêcher de les lire. Il avait beaucoup de talent.

> *J'ai trouvé la paix*
> *Dans tes bras ;*
> *Ce rien que je cherche*
> *Chaque jour.*
> *Tu es vide*
> *Et je suis plein.*
> *En train de sombrer à pic.*

Je me demande si ce poème en particulier parlait d'elle. S'il avait su...

« Qu'est-ce que tu regardes ? »

Je rabats d'un coup sec l'écran de mon ordinateur. Ayoola se tient au seuil de ma chambre. Je la dévisage en plissant les paupières.

« Redis-moi ce qui s'est passé avec Femi.

— Pourquoi ?

— Fais-moi plaisir.

— Je ne veux pas en parler. Ça me perturbe, d'y penser.

— Tu as dit qu'il s'était montré agressif.

— Oui.

— Agressif comment ? Il t'a brutalisée ?

— Oui.

— Et tu as essayé de t'enfuir ?

— Oui.

— Mais... il a reçu un coup de couteau dans le dos. »

Elle soupire. « Écoute, je ne sais plus. J'avais peur, et j'ai vu rouge.

— Pourquoi avais-tu peur ?

— Il me menaçait, il menaçait de me frapper, ce genre de trucs. Il m'avait acculée dans un coin.

— Pourquoi ? Pourquoi était-il à ce point en colère ?

— Je ne... je ne me souviens pas. Il est peut-être tombé sur les messages d'un autre mec, sur mon téléphone... et il a flippé, c'est tout.

— Donc, tu étais acculée – comment t'es-tu retrouvée avec le couteau dans la main ? Il était dans ton sac, non ? »

Elle hésite. « Je... j'en sais rien... tout était hyper confus. Si je pouvais remonter le temps et tout effacer, je le ferais. J'effacerais tout, depuis le début. »

LE PATIENT

« Je veux la croire. Je veux croire que c'était de la légitime défense... La première fois, voyez-vous, j'étais furax. J'étais convaincue que Somto l'avait bien cherché. Il était franchement... visqueux – tout le temps à se pourlécher, à la toucher. Une fois, je l'ai même surpris à se gratter l'entrejambe, vous savez. »

Muhtar ne bouge pas. J'imagine qu'il me répond que se gratter les couilles n'est pas un crime.

« Juste. Mais c'était caractéristique de son... Ce que je veux dire, c'est qu'avec son côté libidineux, sa grossièreté, c'était assez facile de croire ce dont elle l'accusait. Même Peter était... louche. Il disait qu'il était "dans le business" et il répondait systématiquement à vos questions par une autre question. » Je me recule contre le dossier de ma chaise et je ferme les yeux. « C'est une manie exaspérante. Mais Femi, lui... il était différent... »

Différent ? s'étonne Muhtar. En quoi donc ? À m'entendre, il semble qu'il était lui aussi obnubilé par le physique d'Ayoola, exactement comme Peter et Somto.

« Tout le monde est obsédé par son physique, Muhtar... »

Il proteste que ce n'est pas son cas, et je pouffe de rire. « Vous ne l'avez jamais vue ! »

La porte s'ouvre à la volée, je bondis sur mes pieds.

« Je me doutais que je te trouverais ici », dit Tade en entrant dans la chambre. Il observe le corps inconscient de Muhtar. « Tu t'es vraiment attachée à ce patient, n'est-ce pas ?

— Sa famille a espacé ses visites.

— Oui, c'est triste. Mais c'est dans l'ordre des choses, j'imagine. Apparemment, il était professeur à l'université.

— Est.

— Pardon ?

— Il est professeur. Tu as dit "était". Il n'est pas mort. Pas encore, du moins.

— Oh ! Oui. Au temps pour moi. Désolé.

— Tu me cherchais ?

— Je... Je suis sans nouvelles d'Ayoola. » Je me rassieds. « Je l'ai appelée plusieurs fois. Elle ne décroche pas. »

J'avoue que je suis dans mes petits souliers. Je n'ai rien dit à Muhtar, au sujet d'Ayoola et Tade, et je n'ai pas volé sa pitié. Je me surprends à rougir.

« Rappeler les gens, ce n'est pas son point fort.

— Ça, je le sais. Mais là, c'est différent. On ne s'est pas parlé depuis quinze jours... Tu pourrais lui en toucher deux mots ? Lui demander ce que j'ai fait de mal ?

— Je préférerais rester en dehors de...

— S'il te plaît, pour moi. » Il s'accroupit, attrape ma main et la plaque contre son cœur. « S'il te plaît. »

Je devrais dire non, mais la chaleur de ses mains qui emprisonnent la mienne me donne un léger vertige, et je me surprends à accepter.

« Merci. Je te revaudrai ça. »

Sur ce, il nous abandonne, Muhtar et moi, chacun à notre sort. Je me sens trop ridicule pour m'attarder plus longtemps.

MÉNAGE

La famille de Femi a envoyé quelqu'un faire le ménage dans son appartement, en vue de le remettre sur le marché – et pour tourner la page, j'imagine. Mais cette personne a découvert entre les coussins du canapé une serviette de table tachée de sang. Laquelle serviette tourne maintenant en boucle sur Snapchat, afin que le monde entier voie que, quoi qu'il soit arrivé à Femi, ce n'était pas de son plein gré. La famille s'est remise à chercher des réponses.

Ayoola me dit qu'elle s'est peut-être assise sur le canapé ; qu'elle a peut-être étalé la serviette de table sur le coussin pour éviter de le tacher. Et qu'elle l'a peut-être complètement oubliée ensuite...

« C'est bon, si jamais on me le demande, je leur dirai qu'il saignait du nez. » Elle est assise à sa coiffeuse, en train de bichonner ses dreadlocks, et moi, dans son dos, je serre et desserre les poings.

« Ayoola, si tu vas en prison...

— Seuls les coupables vont en prison.

— Primo, ce n'est pas vrai. Et deuxièmement, tu as *tué* un homme.

— Pour me *défendre* ; le juge le comprendra, non ? » Elle tapote un peu de blush sur ses joues.

Ayoola vit dans un monde où tout doit toujours aller dans son sens. C'est une loi aussi immuable que celle de la gravité.

Je la laisse à son maquillage et je vais m'asseoir en haut de l'escalier, front appuyé contre le mur. J'ai la sensation que des éclairs fusent de partout dans ma tête. Le mur devrait être frais, mais vu qu'il fait très chaud aujourd'hui, il n'y a aucun réconfort à attendre de ce côté-là.

Quand je suis angoissée, je me confie à Muhtar – mais voilà il est à l'hôpital et ici, à la maison, je n'ai personne à qui parler de mes craintes. J'imagine pour la millionième fois comment ça se passerait si je disais la vérité à ma mère :

« Ma...

— *Mm ?*

— *Je voudrais te parler d'Ayoola.*

— *Vous vous êtes encore disputées ?*

— *Non,* ma, *je... Il y a eu un incident avec, euh...* Femi.

— *Le garçon qui a disparu ?*

— *Eh bien, justement... Il n'a pas disparu. Il est mort.*

— *Quoi !!!* Jésù ṣàánú fún wa o[1] *!*

— *Oui, justement... euh... le problème, tu vois... c'est Ayoola qui l'a tué.*

— *Tu as perdu la tête ? Pourquoi accuses-tu ta sœur ?*

— *Elle m'a appelée. Et je l'ai vu... J'ai vu son corps, j'ai vu le sang.*

— *Tais-toi ! Tu trouves que c'est un sujet de plaisanterie ?*

— *Maman... Je voulais juste...*

— *J'ai dit : Tais-toi. Ayoola est une magnifique enfant avec un merveilleux tempérament... C'est ça ? C'est la jalousie qui te pousse à dire ces choses affreuses ?* »

---

1. Que Jésus ait pitié de nous !

Non, ça ne servirait à rien d'impliquer ma mère. Ça la tuerait, ou alors elle nierait tout net. Elle le nierait aussi si cela avait été elle qu'on avait appelée pour faire disparaître le corps. Et trouverait le moyen de tout me mettre sur le dos, parce que je suis l'aînée – je suis responsable d'Ayoola.

Il en a toujours été ainsi. Ayoola cassait un verre, mais c'était moi la fautive puisque je lui avais donné à boire. Si elle récoltait une mauvaise note en classe, c'était parce que je ne l'avais pas aidée à réviser. Elle prenait une pomme et quittait l'épicerie sans la payer, et on me reprochait de l'avoir laissée mourir de faim.

Que se passerait-il si Ayoola se faisait prendre ? Si, pour une fois, elle était tenue pour responsable de ses actes ? Je l'imagine essayer de s'en sortir au bluff et être déclarée coupable. La pensée me chatouille. Je la savoure un instant puis je m'oblige à écarter ce fantasme. C'est ma sœur. Je ne veux pas qu'elle moisisse en prison et, de toute façon, Ayoola étant Ayoola, elle convaincrait probablement la cour qu'elle est innocente. Que tout est la faute de ses victimes et qu'elle a agi comme n'importe quelle personne raisonnable et sublime l'aurait fait en pareilles circonstances.

« Madame ? »

La petite bonne se tient devant moi, elle me tend un verre d'eau, que je porte à mon front. Le verre est glacé. Je ferme les yeux et soupire. Je la remercie et elle s'éclipse aussi silencieusement qu'elle est venue.

Ça cogne dans ma tête, un cognement puissant et frénétique. Je roule sur le flanc en gémissant, je ne veux pas me réveiller. Je suis allongée sur mon lit, tout habillée, dans le noir, et les coups proviennent de derrière la porte, pas de l'intérieur de mon crâne. Je m'assieds, encore un peu hébétée à cause de l'antidouleur que j'ai avalé, puis je me lève pour aller ouvrir. Ayoola s'engouffre dans la chambre.

« Merde, merde, merde. On nous a vues !

— Quoi ?

— Regarde ! »

Elle me colle son téléphone sous le nez. Je le lui prends des mains. Je reconnais dans la vidéo qui passe sur Snapchat le visage de la sœur de Femi. Sous le maquillage impeccable, elle fait grise mine :

« Mes amis, un voisin s'est manifesté. Il ne l'a pas fait avant parce qu'il pensait que ça n'avait pas d'importance, mais maintenant qu'il a entendu parler du sang, il veut dire tout ce qu'il sait. Il a aperçu deux femmes sortir de l'appartement de mon frère, cette nuit-là. Deux ! Il ne pouvait pas bien les voir, mais il est à peu près sûr que l'une d'elles était Ayoola – la minette qui sortait avec mon frère. Ayoola ne nous a jamais dit qu'il y avait une autre femme avec elle… Pourquoi mentirait-elle ? »

Un frisson glacé parcourt mon corps.

Ayoola claque subitement des doigts. « Hé, tu sais quoi ? J'ai trouvé !

— Trouvé quoi ?

— On va leur dire que tu te le tapais dans mon dos…

— Quoi ?!

— … et qu'en débarquant à l'improviste, je vous ai surpris ensemble. J'ai rompu aussi sec avec lui, et, quand je suis partie, tu m'as suivie. Et je n'ai rien dit parce que je ne voulais pas médire de quelqu'un qui était…

— Tu es invraisemblable.

— Écoute, je sais que ça ne te peint pas sous un jour flatteur, mais c'est mieux que l'alternative. »

Je lui rends son téléphone et ouvre grand la porte pour l'inviter à débarrasser le plancher.

« O.K. O.K... et si on disait que tu es venue parce qu'il t'a appelée ? Je voulais le larguer, et il pensait que tu pourrais l'aider à plaider sa cause...

— Et si on disait plutôt qu'il voulait *te* larguer, que *tu* m'as appelée pour plaider *ta* cause, et que tu n'as rien dit jusque-là pour épargner *ton* amour-propre ? »

Ayoola se mordille la lèvre. « Tu crois vraiment que les gens vont gober ça ?

— Dégage. »

SALLE DE BAINS

Ayoola partie, je fais les cent pas dans ma chambre.

Financièrement, les parents de Femi ont les moyens d'aiguillonner la curiosité et le professionnalisme de la police. Maintenant que leurs pires craintes et leur désarroi ont trouvé un point de fixation, ils vont vouloir des réponses.

Pour la première fois de ma vie d'adulte, je regrette qu'il ne soit pas là. Il aurait su quoi faire. Il aurait contrôlé la situation, étape après étape, jusqu'au bout. Il n'aurait pas laissé la funeste erreur de sa cadette ruiner sa réputation. Il aurait poussé toute l'affaire sous le tapis depuis déjà des semaines.

Cela dit, lui vivant, Ayoola se serait probablement bien gardée de se livrer à de tels actes. Les seuls châtiments qu'elle ait jamais craints étaient ceux qu'il lui infligeait.

Je m'assieds sur le lit et je me repasse en détail la nuit où Femi est mort. Ils se sont disputés, ou en sont peut-être venus aux mains. Ayoola avait son couteau sur elle, puisqu'elle le trimbale comme d'autres des tampons dans leur sac. Elle le poignarde, puis elle sort de la salle de bains pour m'appeler. Avant de se poser sur le canapé, elle étale la serviette de table sur le coussin. Elle attend que j'arrive. Ensuite, nous descendons le corps. C'est le moment où nous étions le plus exposées. À ma connaissance, personne ne nous a vues transporter le corps, mais je ne peux pas en être certaine à cent pour cent.

Dans ma chambre, tout est à sa place ; rien à ranger, rien à nettoyer. L'ordinateur portable est sur mon bureau, le fil du chargeur soigneusement enroulé et maintenu en place par un serre-câble. Rien non plus ne traîne sur le fauteuil qui fait face à mon lit, contrairement à celui de la chambre d'Ayoola qui croule sous les patrons et les tissus variés. Mes draps sont impeccablement tendus, celui de dessus rabattu en biais. Les portes de mon placard sont fermées, dissimulant des vêtements pliés ou suspendus, rangés par couleur. Les sanitaires, en revanche, mieux vaut les nettoyer plutôt deux fois qu'une, alors je retrousse mes manches et je file à la salle de bains. Dans le placard sous le lavabo, il y a tout le nécessaire pour s'attaquer à la saleté et aux germes – gants, javel, lingettes désinfectantes, spray désinfectant, gel W.-C., nettoyant multi-usages, nettoyant multi-surfaces, balai-brosse pour toilettes et sacs-poubelles anti-odeur. J'enfile les gants et j'attrape le nettoyant multi-surfaces. J'ai besoin d'un peu de temps pour réfléchir.

QUESTIONS

Ils envoient la police interroger Ayoola. J'imagine que la famille de Femi est passée à l'offensive. Les policiers se présentent chez nous et ma mère me demande de leur apporter des rafraîchissements.

Un moment plus tard, Ayoola, maman et moi sommes attablées face aux deux policiers. Ils mangent du gâteau, boivent du Coca-Cola et postillonnent leurs questions et une pluie de miettes dans notre direction. Le plus jeune a beau déborder de sa chaise, il s'empiffre comme s'il n'avait pas mangé depuis des jours.

« Donc, il vous a invitée à le rejoindre chez lui ?

— Oui.

— Et ensuite votre sœur est arrivée ?

— Mm mm.

— Oui ou non, *ma* ?

— Oui. »

J'ai demandé à Ayoola de s'en tenir à des réponses brèves, de ne répondre qu'à la question posée, de mentir le moins possible, en les regardant droit dans les yeux.

Quand elle m'a annoncé leur visite, je l'ai entraînée dans le bureau de notre père.

Vidée de ses livres et de ses précieux bibelots, ce n'est plus qu'une pièce qui sent le renfermé, avec une table, un fauteuil, un tapis. Comme c'était lugubre, j'ai tiré un rideau, et la lumière vive a révélé des particules de poussière en suspension autour de nous.

« Qu'est-ce qu'on fait là ?

— On doit parler.

— Ici ? » La pièce ne lui offrait aucune distraction – pas de lit sur lequel s'allonger, pas de télévision pour faire diversion ni de tissus à tripoter.

« Assieds-toi. » Elle s'est exécutée à contrecœur. « Quand as-tu vu Femi pour la dernière fois ?

— Quoi ?! Tu sais très bien quand je l'ai…

— Ayoola, on doit être prêtes à répondre à ces questions. » Elle a écarquillé les yeux, puis elle a souri et s'est avachie contre le dossier du fauteuil.

« Redresse-toi. Tu ne veux pas donner l'impression d'être trop détendue. Même une personne innocente ne le serait pas. Pourquoi l'as-tu tué ? » Son sourire s'est évanoui.

« Ils vont vraiment me demander ça ?

— Ils pourraient vouloir te piéger.

— Je ne l'ai pas tué. » Elle a soutenu mon regard en le disant.

Oui, ça me revient maintenant : en matière de contact oculaire, elle n'avait pas besoin de mes conseils. Elle était déjà une pro.

Le plus jeune des policiers pique un fard. « Depuis combien de temps vous fréquentiez-vous, *ma* ?

— Un mois.

— C'est tout ? »

Elle ne répond rien et je sens monter en moi une bouffée de fierté.

« Mais il voulait déjà rompre ?

— Mm mm.

« — *Il* voulait rompre avec vous ? insiste le policier. Ce n'était pas plutôt... le contraire ? »

Je me demande si Ayoola n'avait pas raison – si, aveuglée par la colère, je n'ai pas sous-estimé l'invraisemblance de ce cas de figure. Quel homme la quitterait de son plein gré ? Même en cet instant, on a l'air bien fades à côté d'elle. Elle est habillée simplement – un chemisier gris et un pantalon bleu marine –, son maquillage se réduit à deux traits de crayon à sourcils, elle ne porte pas de bijoux, mais cette sobriété ne fait qu'amplifier sa jeunesse et sa fragilité. De temps à autre, elle gratifie les policiers d'un sourire qui creuse ses fossettes.

Je m'éclaircis la voix et j'espère qu'elle a capté le message.

« Est-ce important de savoir qui de nous deux voulait rompre ?

— *Ma*, si vous vouliez le quitter, nous devons le savoir. »

Elle soupire et se tord les mains.

« Je tenais à lui, mais il n'était pas vraiment mon genre d'homme... » Ma sœur s'est trompée de créneau professionnel. Elle devrait être devant une caméra, sous des sunlights propres à sublimer son innocence.

« Quel est votre genre d'homme, *ma* ? veut savoir le plus jeune.

— Votre sœur est donc venue vous aider à résoudre le problème ? s'empresse d'ajouter le plus vieux.

— C'est ça – elle est venue aider.

— Et elle l'a fait ?

— Quoi donc ?

— Elle vous a aidés ? Vous étiez réconciliés ?

— Non... c'était terminé.

— Donc, votre sœur et vous êtes reparties ensemble, et vous l'avez laissé seul ?

— Mm mm.

110

— C'est oui, ou non ?

— Mais enfin ! Elle vient de vous répondre ! » s'impatiente ma mère.

Je sens la migraine qui rôde. Le moment est mal choisi pour se livrer à son cirque de maman ourse. Mais comme elle s'est contrôlée pendant presque tout l'interrogatoire, elle est maintenant remontée à bloc. J'imagine que cette scène n'a pour elle ni queue ni tête. Ayoola lui tapote affectueusement la main.

« Tout va bien, maman, ils font juste leur travail. La réponse est oui.

— Merci, *ma*. Que faisait-il, lorsque vous l'avez laissé ? »

Ayoola se mordille la lèvre, lève les yeux, coulisse le regard vers la droite. « Il nous a raccompagnées à la porte et il l'a refermée derrière nous.

— Était-il en colère ?

— Non. Résigné.

— Résigné ? »

Elle soupire. C'est un soupir virtuose dans lequel lassitude et tristesse sont dosées à la perfection. Nous la regardons enrouler une boucle autour d'un doigt. « Disons qu'il avait accepté l'idée que ça ne marcherait jamais entre nous.

— Mademoiselle Korede, êtes-vous d'accord avec cette appréciation ? M. Durand avait-il accepté son sort ? »

Je revois le corps effondré contre le mur de la salle de bains, et la mare de sang. Je doute que Femi ait eu le temps de se faire à l'idée de son sort, et encore moins de l'accepter.

« J'imagine qu'il était malheureux. Mais il n'aurait rien pu faire pour changer sa décision.

— Ensuite, vous êtes rentrées toutes les deux à la maison, en voiture.

— C'est ça.

— Dans la même voiture ?

— Oui.

— La voiture de Mlle Korede ? » J'enfonce mes ongles dans mes cuisses et je bats des paupières. Pourquoi s'intéressent-ils autant à ma voiture ? Où veulent-ils en venir ? Quelqu'un nous a-t-il vues transporter le corps ? Je m'efforce de contrôler ma respiration sans attirer l'attention sur moi. Non – personne ne nous a vues. Si quiconque avait aperçu deux femmes transbahuter un paquet en forme de corps, cet interrogatoire n'aurait pas lieu dans le confort de notre propre maison. Ces hommes ne nous soupçonnent pas vraiment. Ils sont juste payés pour nous poser des questions.

« Oui.

— Comment vous étiez-vous rendue là-bas, mademoiselle Ayoola ?

— Je n'aime pas conduire. J'avais pris un Uber. » Ils acquiescent.

« Pouvons-nous jeter un œil à votre voiture, mademoiselle Korede ?

— Pourquoi ? » demande ma mère. Je devrais être touchée qu'elle ressente le besoin de me défendre moi aussi ; au lieu de quoi, je suis furieuse qu'elle ne suspecte rien, ne sache rien. Pourquoi devrait-elle garder les mains propres quand les miennes sont de plus en plus souillées ?

« Nous voulons veiller à ne négliger aucun détail.

— Pourquoi devrions-nous subir tout ça ? Mes filles n'ont rien fait de mal ! » Ma mère s'est levée, pour délivrer son plaidoyer aussi sincère que malencontreux. Le plus vieux des deux policiers, l'air pincé, se lève à son tour en faisant racler les pieds de la chaise sur le sol en marbre. D'un coup de coude, il invite son coéquipier à l'imiter. Peut-être vais-je laisser cette scène se dérouler jusqu'à son terme. Tout innocent ne serait-il pas indigné ?

« *Ma*, nous allons juste y jeter un œil.

— Nous avons été assez accommodantes comme ça. Veuillez vous en aller, s'il vous plaît.

— *Ma*, s'il le faut, nous reviendrons avec un mandat en bonne et due forme. »

Je veux intervenir mais les mots refusent de sortir de ma bouche. Je suis paralysée – je ne peux penser à rien d'autre qu'au sang qui se trouvait dans le coffre.

« J'ai dit : partez », insiste ma mère. Elle marche vers la porte d'un pas décidé et les deux hommes n'ont d'autre choix que de la suivre. Chacun gratifie Ayoola d'un signe de tête sec, et ils s'en vont. Maman claque la porte derrière eux. « Des imbéciles pareils, c'est pas croyable – non ? »

Ayoola et moi ne répondons pas. L'une comme l'autre sommes en train de réviser nos options.

SANG

Ils reviennent le lendemain et embarquent ma voiture. Depuis le seuil de la maison, ma mère, ma sœur et moi regardons, bras croisés, ma Ford Focus gris métallisé partir pour le commissariat d'un quartier que je n'ai jamais fréquenté, où on la passera au peigne fin pour trouver les preuves d'un crime que je n'ai pas commis, alors que la Ford Fiesta d'Ayoola reste tranquillement devant chez nous. Mes yeux se posent sur son hayon blanc. Il a le lustre d'un véhicule lavé de frais. Nulle goutte de sang ne l'a jamais souillé.

Je me tourne vers ma sœur.

« Je prends ta voiture pour aller travailler. »

Elle se renfrogne. « Et si j'ai besoin d'aller quelque part, dans la journée ?

— Tu commanderas un Uber.

— Korede… intervient ma mère d'un ton prudent. Pourquoi ne prends-tu pas la mienne ?

— Je n'ai pas envie de passer les vitesses. La voiture d'Ayoola, ça me va très bien. »

Je monte dans ma chambre sans laisser à l'une ou à l'autre l'opportunité de répondre. J'ai les mains froides, je les frotte sur mon jean.

J'ai nettoyé cette voiture. De fond en comble. S'ils y découvrent une tache de sang, alors c'est qu'ils auront saigné en la fouillant. Ayoola pointe le bout de son nez. Je l'ignore et commence à passer le balai.

« Tu es en colère contre moi ?

— Non.

— J'aurais juré le contraire.

— Je n'aime pas me retrouver sans voiture, c'est tout.

— Et c'est ma faute ?

— Non. C'est celle de Femi, qui a saigné dans mon coffre. »

Elle soupire et s'assied sur mon lit, sans tenir compte de mon expression qui dit clairement : « De l'air. »

« Tu n'es pas la seule à souffrir, tu sais. Tu te comportes comme si toi seule portais ce fardeau, mais moi aussi je me fais du souci.

— Vraiment ? Parce que l'autre jour, je t'ai entendue chanter *I Believe I Can Fly*.

Ayoola hausse les épaules. « C'est une chouette chanson. »

Je me retiens d'exploser. De plus en plus, elle me fait penser à lui. Il pouvait faire un truc affreux et se conduire la seconde d'après en citoyen modèle. Comme si de rien n'était. Est-ce dans le sang ? Mais son sang, c'est autant celui d'Ayoola que le mien.

PÈRE

Ayoola et moi portons l'*aṣọ ẹbí* – pour ce type de cérémonie, la coutume veut que la famille et leurs proches arborent des vêtements assortis. Les nôtres sont taillés dans du wax à motifs violets sur fond violet. Vu qu'il détestait cette couleur, Ayoola n'aurait pas pu faire meilleur choix. Elle a également dessiné nos robes – la coupe sirène de la mienne met en valeur ma grande taille ; la sienne épouse au plus près chacune de ses courbes. Nous avons l'une et l'autre chaussé des lunettes de soleil, pour dissimuler le fait que nos yeux sont secs.

À l'église, ma mère pleure, pliée en deux, et ses sanglots sont si bruyants, si puissants, qu'ils la secouent de pied en cap. À quoi peut-elle bien penser pour faire jaillir tant de larmes – à sa propre vulnérabilité ? À la mort d'Ayoola ? Ou alors, se rappelle-t-elle tout simplement ce qu'il lui – ce qu'il nous a fait.

En survolant des yeux les travées, j'aperçois Tade qui cherche un siège libre.

« Tu l'as invité ? je siffle à mi-voix.

— Je lui en ai parlé. Il s'est invité de lui-même, proteste Ayoola.

— Merde.

— Où est le problème ? Tu m'as demandé d'être gentille avec lui.

— Je t'ai suggéré de tirer les choses au clair. Sûrement pas de l'entraîner plus avant là-dedans. »

Ma mère me pince ; je me tais, mais je tremble comme une feuille. Quelqu'un pose gentiment une main sur mon épaule en me croyant submergée par l'émotion. C'est le cas – certes pas pour les raisons que cette personne imagine.

« Fermons les yeux et souvenons-nous de cet homme car les années qu'il a passées ici-bas avec nous étaient un cadeau de Dieu. » La voix du prêtre est grave, solennelle. C'est facile à dire pour lui ; il ne connaissait pas l'homme en question. Personne ne le connaissait vraiment.

Je ferme les yeux et je marmonne des paroles de gratitude aux forces qui retiennent son âme prisonnière. La main d'Ayoola cherche ma main, et je la serre.

Après le service, les gens viennent nous témoigner leur sympathie et leur affection. Une femme s'avance vers moi, me prend dans ses bras et ne semble pas décidée à me lâcher. « Ton père était un grand homme, me chuchote-t-elle. Il prenait souvent de mes nouvelles, et il m'a aidée à payer mes études. » Je suis tentée de l'informer qu'il avait une ribambelle de petites copines dans chaque université de Lagos. Nous avions depuis longtemps perdu le décompte. « Il faut engraisser la vache avant de la conduire à l'abattoir, m'avait-il dit un jour. C'est dans l'ordre des choses. »

« Oui, il a beaucoup payé », réponds-je sobrement. Les étudiantes sont à l'homme fortuné ce que le plancton est à la baleine. La femme me remercie et passe son chemin.

La réception qui suit est conforme à ce qu'on pouvait en attendre – deux ou trois personnes que nous connaissons, noyées dans une masse de gens dont nous ne nous souvenons pas, mais auxquels nous sourions pareillement. Quand j'ai l'occasion de souffler un peu, je sors rappeler le commissariat pour savoir quand ils comptent me restituer ma voiture. Une fois de plus, on m'envoie balader. S'il y avait quoi que ce soit à trouver, l'affaire serait entendue, à l'heure qu'il est, non ? Mais l'homme à l'autre bout du fil n'apprécie pas ma logique.

Je rentre pile à temps pour voir Tatie Taiwo, sur la piste de danse, prouver qu'elle connaît les dernières chorégraphies en vogue. Ayoola est entourée de trois types qui se disputent son attention. Ils espèrent éclipser définitivement Tade, qui a déjà pris congé. Il s'était appliqué à ne pas la quitter d'une semelle, pour être à la hauteur et lui témoigner son soutien ; Ayoola, quant à elle, était trop occupée à papillonner, à absorber la lumière. S'il était mien, je resterais à ses côtés. Je m'oblige à détourner le regard et sirote mon chapman[1].

---

1. Cocktail à base de soda, jus de fruits et sirop, relevé d'un trait d'Angostura.

MAGA

« *Ma*, il y a un homme qui vous demande. »

Ayoola, qui regarde un film sur son ordinateur, dans ma chambre – elle pourrait faire ça dans la sienne, mais non, il faut qu'elle vienne en permanence se vautrer sur mon lit –, tourne la tête vers notre petite bonne. Je me rassieds bien droite. La police ? Mes mains sont glacées.

« C'est qui ?

— Je le connais pas, *ma*. »

En se levant, Ayoola me décoche un regard nerveux ; je lui emboîte le pas.

Le visiteur est assis au salon. Du palier de l'étage, je vois d'emblée que ce n'est ni un policier ni Tade. Et qu'il a apporté un bouquet de roses.

« Gboyega ! » Ma sœur se rue dans l'escalier et l'inconnu se lève pour la cueillir au creux de son bras et la faire tourbillonner ; ils s'embrassent.

Gboyega est un grand gaillard à la panse proéminente. Il a une bouille ronde, une barbe et de petits yeux vifs. Il a aussi, au bas mot, quinze ans de plus qu'Ayoola. Je suppose que, si je plissais les yeux, je pourrais voir en quoi il est séduisant. Mais ce que je vois surtout, c'est la montre Bvlgari à son poignet et les chaussures Ferragamo à ses pieds. Il me regarde : « Bonjour...

— Gboyega, voici Korede, ma grande sœur.

— Korede, c'est un plaisir de vous rencontrer. Ayoola m'a raconté comment vous prenez soin d'elle.

— En ce cas, vous avez un avantage sur moi. Je n'ai jamais entendu parler de vous. »

Ayoola éclate de rire, comme si mon commentaire était une bonne blague, qu'elle évacue d'un mouvement de poignet.

« Gboye, tu aurais dû appeler.

— Je sais combien tu aimes les surprises et je viens tout juste de rentrer à Lagos. » Il se penche vers elle et ils s'embrassent à nouveau. Je m'efforce de réprimer un haut-le-cœur. Quand il lui tend le bouquet, Ayoola se fend des roucoulements de circonstance, même si ces roses-là sont bien fades comparées à celles de Tade. « Laisse-moi t'inviter quelque part, reprend-il.

— D'accord, en ce cas, je dois me changer. Korede, tu peux tenir compagnie à Gboye ? » Ayoola s'élance dans l'escalier avant que je puisse refuser. Peu importe – j'ignore sa requête et je lui emboîte le pas.

« Alors comme ça, vous êtes infirmière ? » entends-je dans mon dos. Je soupire et je me retourne.

« Oui, et vous, vous êtes marié.

— Pardon ?

— Votre annulaire. La peau est plus claire, là où il y a votre alliance. »

Il secoue la tête et sourit. « Ayoola est au courant.

— Ouais. Je n'en doute pas.

— Je tiens à elle. Je ne veux que le meilleur pour elle, m'affirme-t-il. Je lui ai donné le capital pour monter sa boîte de mode, vous savez, et j'ai payé ses cours de stylisme. »

Tiens donc. Elle avait soi-disant payé son école avec les revenus qu'elle tire de sa chaîne YouTube. Elle m'avait même sermonné sur mon piètre sens des affaires. Plus il parle, plus je m'aperçois que je suis une *maga* – une idiote, dont on a profité de la crédulité. Le problème, ce n'est pas Gboyega – il n'est jamais qu'un homme, un de plus, dont se sert Ayoola. On devrait plutôt avoir pitié de lui. J'ai envie de lui dire que nous avons bien des choses en commun, à ce détail près qu'il s'enorgueillit de tout ce qu'il a fait pour elle quand, de mon côté, ce que j'ai fait pour elle commence à m'inspirer du ressentiment. Dans un élan de solidarité, et pour le faire taire, je lui propose du gâteau.

« Avec plaisir, j'adore les gâteaux. Vous avez du thé ? »

Je fais oui de la tête, et lorsque je passe devant lui, il me décoche un clin d'œil.

« Korede. » Il marque une pause. « *E jo o*[1], ne crachez pas dans mon thé. »

Sitôt que j'ai donné mes instructions à la petite bonne, je fonce dans l'escalier de service pour aller asticoter Ayoola. Je la trouve en train d'appliquer de l'eyeliner au ras de ses paupières inférieures.

« Tu peux m'expliquer ce qui se passe ?

— Tu vois pourquoi je ne te raconte jamais rien ? Tu juges toujours tout.

— Tu te fiches de moi ? Il vient de m'apprendre qu'il avait payé tes cours de stylisme. Tu m'avais dit avoir levé toi-même les fonds.

— J'ai trouvé un sponsor. C'est du pareil au même.

— Et ton... Et Tade ?

— Ce qu'il ignore ne peut pas le blesser. Et tu ne peux pas me reprocher de vouloir m'amuser un peu.

---

1. Je vous en supplie.

Tade peut être tellement rasoir ! Et il est en manque d'affection. Franchement, j'ai besoin de souffler un peu.

— Qu'est-ce qui cloche, chez toi ? Quand vas-tu arrêter ?!

— Arrêter quoi ?

— Ayoola, je te conseille de renvoyer cet homme d'où il vient, sinon je te jure que je vais...

— Tu vas quoi ? » Elle relève le menton et me fixe.

Je ne bouge pas. Je veux la menacer, lui dire que si elle ne m'écoute pas, elle devra pour une fois faire face aux conséquences de ses actes par elle-même. Je veux crier, hurler, mais ce serait comme hurler face à un mur.

Une demi-heure plus tard, elle quitte la maison avec Gboyega.

Elle ne rentre pas avant 1 heure du matin.

Je ne m'endors pas avant 1 heure du matin.

PÈRE

Il lui arrivait souvent de rentrer tard à la maison, mais je me souviens de cette nuit en particulier parce qu'il n'était pas seul. Il y avait une femme aux cheveux jaunes à son bras. Ayoola et moi étions sorties de ma chambre parce que maman était en train de hurler, et on les avait trouvés là, sur le palier, avec maman en chemise de nuit et robe de chambre.

Jamais elle n'élevait la voix contre lui. Mais cette nuit-là, elle était une *banshee*, et son afro qui s'était libérée des bandeaux de contention ajoutait à l'illusion de folie. Elle était Méduse, et elle les avait changés en statues. Elle s'était avancée pour arracher la femme de son bras.

« *Ẹ gbà mí o ! Ṣ'o fẹ́ b'alé mi jẹ́ ? Ṣ'o fẹ́ yí mi lọ́rí, ni ? Olúwa k'ojú sí mi*[1] ! »

Elle n'engueulait même pas son mari – c'était après l'intruse qu'elle se déchaînait. Je me souviens que je lui soufflais de se taire, même si j'avais les larmes aux yeux. Je me souviens que je la trouvais ridicule

---

1. Dieu du ciel ! Elle veut briser mon foyer ? Elle veut me rendre folle ? Que Dieu me protège !

de se mettre dans un état pareil quand lui demeurait impassible.

Il avait regardé froidement son épouse. « Si tu ne la fermes pas tout de suite, gare à toi », l'avait-il prévenue avec dureté.

À côté de moi, Ayoola retenait son souffle. Il mettait toujours à exécution ses menaces. Mais, ce soir-là, ma mère semblait l'avoir oublié, on l'avait entraînée de force dans une lutte à mort avec cette femme qui, même si elle avait l'air d'une adulte à mes yeux d'enfant, n'avait sans doute pas plus de 20 ans, je m'en rends compte aujourd'hui. Et je comprends aussi que même si ma mère n'ignorait sans doute rien de ses fredaines, les supporter sous son propre toit était la goutte de trop.

« Lâchez-moi ! » hurlait la fille en essayant de libérer le poignet que ma mère agrippait avec férocité.

C'est là qu'il avait littéralement soulevé son épouse par les cheveux, avant de l'envoyer dinguer contre le mur. Puis de la frapper au visage. Ayoola pleurait, cramponnée à moi. La « femme » riait.

« Tu vois, mon chéri ne te laissera pas porter la main sur moi. »

Maman avait glissé contre le mur et s'était affaissée par terre. Mon père et la femme l'avaient enjambée et avaient gagné la chambre paternelle. Nous avions attendu que l'horizon soit dégagé pour accourir à sa rescousse. Elle était inconsolable. Elle voulait qu'on la laisse là. Elle poussait des sanglots déchirants, j'avais dû la secouer.

« Maman, s'il te plaît, viens. »

Cette nuit-là, nous avions dormi toutes les trois dans ma chambre.

Au matin, la fille aux cheveux banane était partie et nous nous étions retrouvés tous les quatre autour de la table du petit déjeuner. Ma mère, Ayoola et moi étions muettes, contrairement à mon père qui, d'une voix de stentor, évoquait la journée qui l'attendait et louait les talents culinaires de « son épouse modèle ». Ce n'était pas de la flagornerie ; l'incident était clos, c'est tout.

Peu après cette nuit-là, notre mère a commencé à s'en remettre aux bons soins de l'Ambien.

RECHERCHES

Je scrute le portait de Gboyega sur Facebook. L'homme qui me fixe en retour est plus jeune, plus mince que celui que j'ai rencontré. Je fais défiler son album photo jusqu'à cerner quel genre d'homme il est. Voici les informations que j'ai collectées : une épouse, une seule, bien habillée, et trois grands garçons. Les deux aînés scolarisés en Angleterre, le petit dernier est toujours au lycée ici. Ils habitent dans une maison de ville sur Banana Island – un des lotissements les plus chers de Lagos. Il travaille dans le pétrole et le gaz. La plupart des photos sont des clichés de vacances – en France, aux États-Unis, à Dubaï, etc. Une famille typique de la classe moyenne supérieure nigériane.

Avec une vie aussi plan-plan, je comprends qu'il soit intrigué par la spontanéité d'Ayoola et son côté inaccessible. Dans les légendes de ses photos, il ne tarit pas de compliments sur sa merveilleuse épouse, sur la chance qu'il a de l'avoir, et je me demande si l'épouse sait que son mari court après d'autres femmes. Dans son genre, elle est séduisante. Bien qu'elle ait enfanté trois fils et que sa jeunesse soit derrière elle, elle a conservé une silhouette svelte.

Son maquillage est habile, ses tenues la flattent et rendent justice à l'argent qu'elle doit dépenser pour s'entretenir.

J'appelle Ayoola non-stop depuis des heures. Où diable peut-elle être ? Elle a quitté la maison tôt le matin et a informé ma mère qu'elle partait en voyage. Elle n'a pas jugé bon de me prévenir. Tade lui aussi m'appelle non-stop mais je ne décroche pas. Que pourrais-je lui dire ? J'ignore où elle est, et avec qui. Ayoola n'en fait qu'à sa tête – jusqu'à ce qu'elle ait besoin de moi. La petite bonne m'apporte un verre de jus de fruit bien frais tandis que je poursuis mes recherches. Dehors, c'est une vraie fournaise, alors je passe ma journée de repos à l'ombre, dans la maison.

La femme de Gboyega n'a pas de compte Facebook, mais je la débusque sur Instagram. Elle poste en continu des photos de son mari et de ses enfants, et de temps en temps des photos de beaux petits plats, ou encore à l'occasion de ce qu'elle pense du régime du président Buhari. La livraison du jour est une photo de mariage. Elle fixe l'objectif en riant et lui la regarde avec tendresse. La légende indique :

#MCM Oko mi[1], cœur de mon cœur et père de mes enfants. Je remercie Dieu pour le jour où tu as posé les yeux sur moi. J'ignorais alors que tu tremblais de m'adresser la parole, mais je suis heureuse que tu aies surmonté ta crainte. Je ne peux imaginer ma vie sans toi. Merci d'être l'homme de mes rêves. Joyeux anniversaire à nous deux, bae. #bae #mceveryday #Throwbackthursday #amourvrai #bénie #reconnaissante.

---

1. Mon petit mari.

VOITURE

La police me restitue ma voiture – à l'hôpital. Entre leurs uniformes noirs et leurs fusils, bonjour la discrétion. Je sens mes ongles mordre le gras de mes paumes.

« Vous ne pouviez pas la ramener chez moi ? » je râle, dents serrées. Du coin de l'œil, je vois Chichi se rapprocher en douce.

« Vous devriez plutôt remercier Dieu qu'on vous la ramène tout court. » Le policier me tend un reçu. Un morceau de papier déchiré sur lequel figure le numéro de ma plaque d'immatriculation, la date de restitution du véhicule et un montant : 5 000 nairas.

« C'est pour quoi ?

— Coûts de transport et de logistique. » Celui qui vient de parler est le plus jeune des deux policiers qui sont venus nous interroger à la maison ; le même qui trébuchait sur ses questions pour les beaux yeux d'Ayoola. Il a retrouvé son aplomb, maintenant. Il s'attend à ce que je fasse un esclandre, et il m'attend au tournant. L'espace d'une seconde, je regrette qu'Ayoola ne soit pas là.

« Pardon ?! » Ils me font forcément marcher.

Chichi se trouve à deux pas de nous, je ne peux pas prolonger cette conversation. Je comprends d'un coup qu'ils me restituent la voiture sur mon lieu de travail précisément pour cette raison : à la maison, le rapport de force aurait penché de mon côté. J'aurais pu exiger qu'ils quittent ma propriété. Ici, je suis à leur merci.

« Eh oui. Les frais pour acheminer votre voiture à nos bureaux et vous la retourner se montent à 5 000 nairas. »

Je me mords la lèvre. Les énerver n'est pas dans mon intérêt ; j'ai besoin qu'ils déguerpissent avant d'attirer encore plus l'attention. De part et d'autre des portes de l'hôpital, tous les regards sont braqués sur moi, ma voiture, et cette paire de génies.

Je regarde ma voiture. Elle est sale, poussiéreuse. J'aperçois même un emballage de nourriture sur la banquette arrière. J'imagine d'ici l'état du coffre. Leurs sales pattes répugnantes ont souillé chaque recoin de mon véhicule, et j'aurai beau m'acharner à le nettoyer, rien ne pourra effacer leur souvenir.

Mais je suis dos au mur. Je plonge la main dans ma poche et je compte les billets sous leurs yeux.

« Avez-vous trouvé quelque chose ?

— Non, concède le plus vieux des policiers. Votre voiture est nickel. » Je savais que j'avais fait un travail soigneux. Je savais qu'ils ne trouveraient rien. Mais l'entendre de leur bouche me donne envie de pleurer de soulagement.

« Bonjour messieurs les policiers ! »

Chichi. Que fait-elle encore ici ? Sa garde est terminée depuis une demi-heure. Les deux policiers répondent avec jovialité à son bonjour enjoué. « Bravo, leur dit-elle. Je vois que vous avez ramené la voiture de ma collègue.

— Oui. Même si nous sommes débordés », souligne le plus jeune. Il est adossé à ma voiture et a posé sa grosse patte sur mon capot.

« Bien. Bien. Nous vous en sommes reconnaissantes. Elle devait se débrouiller avec la voiture de sa sœur, en attendant. »

Je leur tends les billets en échange de ma clé. Chichi fait mine de n'avoir rien vu.

« Oui, merci. » Ça m'écorche la bouche de dire ça. Et de sourire. « J'ai cru comprendre que vous étiez très occupés. Je ne voudrais pas vous retenir... » Ils se fendent d'un borborygme et s'éloignent. Ils vont probablement héler un moto-taxi pour rentrer au commissariat. À côté de moi, Chichi est quasiment en transe.

« *Nawa o*[1]. C'est quoi, cette histoire ?

— Quelle histoire ? » Je retourne travailler, Chichi sur les talons.

« Pourquoi ils ont embarqué ta voiture ? J'ai bien vu que tu ne l'avais plus, mais je pensais que c'était un problème mécanique... Jamais je n'aurais imaginé que c'était la police qui l'avait ! »

Elle s'ingénie à chuchoter le mot police, et échoue.

Au moment où nous franchissons la porte, Mme Rotinu en fait autant. Il faudra qu'elle prenne son mal en patience, Tade n'est pas encore arrivé. Chichi m'attrape par la main et me traîne dans la cabine de radiologie.

« Alors, que s'est-il passé ?

— Rien. Ma voiture était impliquée dans un accident de la route. Ils l'ont examinée, pour l'assurance.

— Ils l'ont embarquée juste pour ça ?

— Tu connais la police. Ils ne font jamais rien à moitié. »

---

1. Ah ben ça alors !

CŒUR

Tade a une sale tête. Il n'est pas rasé, sa chemise est chiffonnée, sa cravate de travers. Il n'a ni chanté ni sifflé depuis plusieurs jours. Tel est le pouvoir d'Ayoola, et quand je vois la peine de Tade, bien malgré moi, je m'émerveille de ce tour de force.

« Il y a un autre homme, me dit-il.

— Ah bon ?! » À surjouer la surprise, ma voix était trop haut perchée. Non pas qu'il le remarque. Il a la tête baissée. Assis d'une fesse sur son bureau, mains de part et d'autre des cuisses, il agrippe si fort le bord du plateau que je vois ses muscles se contracter, se relâcher, et provoquer des remous dans tout son corps.

Je lâche le dossier que je lui apportais et tends la main vers lui. Il porte une chemise blanche. Mais ce blanc-là n'est pas aussi éclatant que celui des chemises que possédait sans doute Femi, ou de mon uniforme de travail. C'est le blanc d'un célibataire distrait. Je pourrais aider Tade à blanchir son linge, s'il me laissait faire. Ma main s'attarde sur son dos, le frictionne. Trouve-t-il le geste réconfortant ? Pour finir, il lâche un soupir.

« C'est tellement facile de parler avec toi, Korede. »

131

Je sens le parfum de son eau de toilette mêlé à l'odeur de sa transpiration. La chaleur de l'extérieur pénètre lentement dans la pièce et étouffe l'air frais de la climatisation.

« J'aime bien parler avec toi », lui réponds-je. Il relève la tête et me regarde. Nous sommes à un ou deux pas à peine de distance. Assez près pour s'embrasser. Ses lèvres sont-elles aussi douces qu'elles le paraissent ? Il m'adresse un petit sourire et je lui souris à mon tour.

« Moi aussi, j'aime bien parler avec toi. Je regrette…

— Oui ? » Commence-t-il à voir qu'Ayoola n'est pas celle qu'il lui faut ?

Il baisse de nouveau les yeux, et là, c'est plus fort que moi.

« Tu es mieux sans elle, tu sais », lui dis-je à mi-voix.

Je le sens qui se raidit.

« Pardon ? » La voix reste douce, mais j'y entends une note qui n'était pas là l'instant d'avant. De l'irritation ? « Pourquoi dire ça de ta sœur ?

— Tade, elle n'est pas tout à fait… »

D'un mouvement d'épaules, il chasse ma main, se hisse debout et s'éloigne du bureau, de moi.

« Tu es sa sœur. Tu es censée être de son côté.

— Je suis de son côté – toujours. C'est juste que… elle a de nombreux côtés. Et tous ne sont pas aussi jolis que celui que tu vois…

— C'est ça, que tu appelles être de son côté ? Elle m'a raconté que tu la traites comme si elle était un monstre, et je ne voulais pas la croire. »

Ses mots me transpercent. Tade était *mon* ami. Il était à moi. Il recherchait *mes* conseils et *ma* compagnie. Maintenant, il me regarde comme il regarderait une inconnue, et je le déteste pour ça. Ayoola a fait avec lui ce qu'elle fait toujours avec les hommes, mais lui, quelle excuse a-t-il ? Je croise les bras et je détourne le visage pour qu'il ne voie pas mes lèvres trembler.

« J'en déduis que tu la crois, maintenant ?

— Heureusement pour elle que quelqu'un au moins la croit ! Comment s'étonner après ça qu'elle cherche toujours à attirer l'attention des... hommes. » C'est à peine s'il arrive à prononcer le mot, à peine s'il arrive à penser à Ayoola dans les bras d'un autre.

J'éclate de rire. Je ne peux pas m'en empêcher. Ayoola a gagné, sur toute la ligne. Elle est partie quelques jours à Dubaï avec Gboyega (une mise à jour que j'ai reçue par texto), laissant Tade en plan, le cœur brisé, mais, allez savoir comment, c'est *moi* la sorcière.

Je parie qu'elle a oublié de mentionner qu'elle a grandement contribué à la mort d'au moins trois hommes. J'inspire profondément pour m'empêcher de répondre quelque chose que je pourrais regretter. Ayoola ne s'embarrasse jamais de considération, elle est égoïste, irréfléchie, mais son bien-être est – et a toujours été – ma responsabilité.

Du coin de l'œil, je remarque que les documents à l'intérieur du dossier médical sont de travers. Sans doute Tade les a-t-il bousculés en se levant. D'un doigt, je fais glisser le dossier vers moi, et je le tapote sur le bureau pour réaligner les documents. À quoi bon dire la vérité ? Il refuse de l'entendre, refuse de croire tout ce qui sort de ma bouche. Tout ce qu'il veut, c'est Ayoola.

« Ce dont elle a besoin, c'est de ton soutien et de ton amour. Ensuite, elle sera capable de se poser. »

Va-t-il la fermer, à la fin ? Le dossier tremble entre mes mains et je sens une migraine se former dans un recoin de mon crâne. Tade me regarde en secouant la tête. « Tu es sa grande sœur. Tu devrais te comporter comme telle. J'ai bien vu, tu ne fais que la repousser. »

Oui, à cause de toi...

Je ne le dis pas. Je ne dis rien. J'ai perdu toute envie de me défendre.

A-t-il toujours été enclin à faire ce genre de sermons ? Je balance le dossier sur son bureau et tourne les talons. À l'instant où je m'apprête à ouvrir la porte, je l'entends prononcer mon nom, mais il est noyé par le martèlement qui résonne dans mes tempes.

LE PATIENT

Muhtar dort paisiblement en attendant ma visite. Je me glisse dans sa chambre et referme la porte.

« C'est parce qu'elle est belle, voyez-vous. Tout le problème est là. Le reste, ils s'en fichent plus ou moins. Ils ferment les yeux sur tout. » Muhtar me laisse vider mon sac. « Vous vous rendez compte ? Il m'a reproché de ne pas la soutenir, de ne pas l'aimer... C'est ce qu'elle lui a dit. Après tout ce que... »

Les mots m'étranglent, je n'arrive plus à articuler. On n'entend plus que les bips réguliers du moniteur. Je respire plusieurs fois, lentement, pour me ressaisir, et je consulte le dossier de Muhtar. Puisqu'il a une séance de physiothérapie programmée pour bientôt, autant en profiter pour lui faire faire ses exercices. Ses membres se prêtent avec docilité à mes manipulations, dans un sens, dans l'autre. Mon esprit rejoue en boucle la scène avec Tade, en coupant certains moments, en zoomant sur d'autres.

> *L'amour n'est pas une mauvaise herbe,*
> *Jamais il ne poussera où bon lui semble...*

Les vers de Femi s'invitent dans mon esprit. Que penserait-il de tout ça ? Je suppose qu'il ne serait pas resté bien longtemps avec Ayoola. Si on lui en avait laissé le temps, il l'aurait cernée. Il était perspicace.

Mon estomac gronde ; le cœur a beau être brisé, la chair a besoin de se nourrir. Je termine une série de rotations des chevilles, je retends les draps, et quitte la chambre de Muhtar.

Dans le couloir, je tombe sur Mohammed, qui passe la serpillière en fredonnant. L'eau dans le seau est jaune.

« Mohammed, va changer cette eau, je lui ordonne sèchement, et je le vois se raidir au son de ma voix.

— Oui, *ma*. »

ANGE DE LA MORT

« Alors, Dubaï ? C'était bien ?

— Oui... sauf que... il est mort. »

Le verre de jus de fruit glisse d'entre mes doigts et se fracasse sur le sol de la cuisine. Ayoola est de retour à la maison depuis dix minutes et j'ai déjà l'impression que le monde est sens dessus dessous.

« Il... il est mort ?

— Oui. Un empoisonnement alimentaire », répond-elle en secouant ses dreadlocks. Elle les a retressées en ajoutant des perles aux extrémités, qui s'entrechoquent dès qu'elle bouge. Elle arbore aux poignets de lourds bracelets en or. Le poison, ce n'est pas son style, et une part de moi veut croire à une coïncidence. « J'ai appelé la police. Ils ont prévenu sa famille. »

Je m'accroupis pour ramasser les échardes de verre les plus grosses. Je pense à l'épouse qui était tout sourire sur Instagram. Aurait-elle la présence d'esprit de réclamer une autopsie ?

« On était dans la chambre et, tout d'un coup, il s'est mis à transpirer, à se tenir la gorge. Puis il a commencé à écumer. C'était super flippant. » Son regard est en feu, elle est fascinée par l'histoire qu'elle me raconte. Je n'ai aucune envie de lui parler. Malheureusement, elle semble résolue à entrer dans les détails.

« Tu as essayé d'appeler à l'aide ? » Je nous revois plantées devant notre père étendu à nos pieds, le regarder mourir, et je sais qu'elle n'a appelé personne. Elle s'est contentée de le regarder lui aussi. Peut-être dit-elle vrai, peut-être ne l'a-t-elle pas empoisonné, mais elle n'a pas levé le petit doigt et elle a laissé la nature suivre son cours.

« Évidemment. J'ai appelé les secours. Mais ils sont arrivés trop tard. »

Mes yeux font le point sur le diamant qui orne le peigne fiché dans ses cheveux. Ce petit séjour lui a été profitable. L'air de Dubaï semble avoir illuminé sa peau, et elle est habillée avec des vêtements de créateur de la tête aux pieds. Une chose au moins est certaine : Gboyega n'était pas avare.

« C'est bien triste. » Je voudrais bien offrir à ce « bon père de famille » mieux que ma pitié, mais même ça, j'ai du mal. Je n'ai jamais rencontré Femi, et pourtant son sort m'a plus affectée que cette nouvelle.

« Oui, il va me manquer, répond-elle distraitement. Attends, j'ai quelque chose pour toi ! » Elle commence à farfouiller dans son sac lorsqu'on sonne à la porte. Elle relève la tête, l'air rempli d'espoir, et se fend d'un rictus. Ça ne peut pas… mais bon, vous savez, la vie…

Elle se jette dans ses bras. Tade l'étreint longuement et enfouit son visage dans ses cheveux.

« Petite vilaine », lui dit-il. Ils s'embrassent. Passionnément.

Je m'éclipse avant qu'il ne remarque ma présence. Je détesterais devoir échanger des banalités avec lui. Je monte m'enfermer dans ma chambre, je m'assieds en tailleur sur le lit et contemple le vide.

Le temps passe. Puis on frappe à ma porte.

« *Ma*, vous descendez manger ? demande la petite bonne en se balançant d'avant en arrière sur ses pieds.

— Qui y a-t-il à table ?

— Maman, sœur Ayoola et M. Tade.

— Qui t'a envoyée me chercher ?

— Personne, *ma*. » Aucun des trois n'a pensé à moi ; le contraire m'aurait étonnée : ma mère et Ayoola pourront se délecter de l'attention de Tade, qui lui va... Peu importe. Je souris à la petite bonne – apparemment la seule, ici, à se soucier que je ne meure pas de faim. Son corps menu ne fait pas écran aux éclats de rire qui montent jusqu'à moi.

« Merci, mais je n'ai pas faim. »

Elle referme la porte derrière elle, muselant le son du bonheur. Au moins, je suis certaine d'avoir la paix pendant un petit moment. Je profite de cette opportunité pour taper le nom de Gboyega sur Google. Et, bien entendu, je tombe sur un article qui évoque sa disparition tragique :

UN NIGÉRIAN TROUVE LA MORT À DUBAÏ
AU COURS D'UN VOYAGE D'AFFAIRES

Un homme d'affaires nigérian a trouvé la mort à Dubaï. D'après nos informations, il a succombé à une overdose médicamenteuse.

Le ministère des Affaires étrangères a confirmé que Gboyega Tejudumi, qui séjournait au célèbre hôtel Royal, a été victime d'un malaise alors qu'il se trouvait dans sa chambre.

En dépit des efforts déployés par les secours, M. Tejudumi est décédé sur les lieux du drame.

La victime était seule au moment de l'accident, d'après la police...

Je me pose quelques questions : comment Ayoola s'y est-elle prise pour convaincre la police de ne pas divulguer son nom à la presse ? Qu'est-ce qui distingue un empoisonnement alimentaire d'une overdose médicamenteuse ? Quelle probabilité y a-t-il pour qu'on meure par hasard quand on est en compagnie d'une tueuse en série ?

Mais la vraie question, la seule qui vaille, c'est peut-être : suis-je absolument certaine qu'Ayoola n'utilise que son couteau ?

Je parcours d'autres articles ; j'absorbe d'autres mensonges. Ayoola ne frappe jamais sans avoir été provoquée. Si elle a joué un rôle dans la mort de Gboyega, si elle a une part de responsabilité, quel a pu être le déclencheur du drame ? Cet homme semblait entiché d'elle. C'était un mari infidèle mais, cela mis à part, il paraissait inoffensif.

Je pense à Tade, qui est en bas, avec son sourire inimitable, dévorant des yeux Ayoola, prêt à lui donner le bon dieu sans confession. Je ne supporterais pas de croiser son regard, s'il ne me regardait pas en face. Mais n'ai-je pas fait tout ce que je pouvais pour les séparer ? Et le mal que je me suis donné ne m'a valu que critiques et mépris.

J'éteins mon ordinateur.

Et je couche le nom de Gboyega dans mon carnet.

NAISSANCE

À en croire la légende familiale, la première fois que j'ai posé les yeux sur Ayoola, je l'ai prise pour une poupée. Maman la berçait contre son sein ; pour la voir de plus près, je m'étais hissée sur la pointe des pieds tout en tirant sur le bras de ma mère. Ayoola était minuscule, elle remplissait à peine le hamac que ma mère avait fait avec ses bras. Ses yeux étaient clos et lui mangeaient la moitié du visage. Elle avait un petit nez retroussé et des lèvres pincées en permanence. J'avais caressé ses cheveux ; ils étaient doux et bouclés.

« Elle est pour moi ? »

Maman avait éclaté de rire – un rire qui avait secoué son corps et réveillé Ayoola. Elle s'était mise à gazouiller. Surprise, j'avais reculé, trébuché, avant de m'affaler à la renverse.

« Maman ! Elle a parlé ! La poupée parle !

— Ce n'est pas une poupée, Korede. C'est un bébé. Ta petite sœur. Et toi, maintenant, tu es une grande sœur, Korede. Et les grandes sœurs veillent sur leurs petites sœurs. »

ANNIVERSAIRE

C'est l'anniversaire d'Ayoola. Je l'autorise à poster sur ses pages. Les mises à jour relatives à la disparition de Femi se sont raréfiées. Les médias sociaux ont oublié son nom.

« Ouvre le mien en premier ! » insiste maman. Ayoola s'exécute. C'est une tradition, chez nous : le jour de notre anniversaire, on ouvre les cadeaux de la famille au saut du lit. J'ai mis du temps à trouver quoi lui offrir. En ce moment, je ne suis pas d'humeur généreuse.

Maman lui a offert un service de table – pour son trousseau. « Je sais que Tade fera bientôt sa demande, glisse-t-elle.

— Quelle demande ? » répond Ayoola, distraite par mon cadeau. Je lui ai acheté une nouvelle machine à coudre. Elle me remercie d'un sourire radieux, que je suis incapable de lui rendre. La remarque de maman m'a retourné l'estomac.

« Ta main ! Il va te demander en mariage ! » La prédiction arrache un froncement de nez à Ayoola. « Il est grand temps que tu songes à te caser. Et toi aussi, Korede.

« — Parce que le mariage a été une telle réussite pour toi...

— Que viens-tu de dire ?

— Rien », je marmonne. Ma mère me dévisage, mais comme elle n'a pas entendu mon sarcasme, elle est obligée de laisser couler. Ayoola remonte s'habiller en vue de sa fête, je continue à gonfler des ballons. On les a choisis gris et blancs, par respect pour Femi.

Un peu plus tôt, sur son blog, j'ai lu un de ses poèmes :

Le soleil africain brille de tous ses feux,
Il nous brûle le dos,
La peau du crâne,
L'esprit.
Notre colère n'a pas de cause,
Sauf si le soleil est une cause.
Nos frustrations n'ont pas de racine,
sauf si le soleil est une racine.

J'ai laissé un commentaire anonyme, pour suggérer l'idée de réunir ses poèmes en anthologie. J'espère que sa sœur, ou un ami, tombera sur mon message.

Ayoola et moi n'avons pas vraiment d'amis, au sens traditionnel du terme. Selon moi, on ne peut qualifier d'ami qu'une personne avec laquelle on a échangé des confidences. Ayoola a des larbins, et moi, j'ai Muhtar. Les larbins en question commencent à affluer aux alentours de 16 heures. La petite bonne les fait entrer ; je les oriente vers le buffet dressé sur la table du salon. Quelqu'un met de la musique, les invités grignotent les amuse-gueules. Moi, j'ai d'autres chats à fouetter. Une question m'obsède : Tade se saisira-t-il, ou pas, de cette opportunité pour s'attacher définitivement Ayoola ? Si j'étais convaincue qu'elle est amoureuse de lui, je pense que je pourrais me réjouir pour eux. Oui, j'en serais capable, je crois. Mais elle ne l'aime pas et, pour une raison qui m'échappe, il n'y voit que du feu. Il est aveugle, ou alors ça lui est égal.

Il est 17 heures et Ayoola n'est toujours pas descendue. Je porte la petite-robe-noire parfaite, courte et évasée en bas. Ayoola a dit qu'elle s'habillerait elle aussi en noir, mais je parierais volontiers qu'à l'heure qu'il est, elle a changé d'avis au moins dix fois. Je résiste à l'envie de monter voir ce qu'elle fabrique, même quand on me demande pour la centième fois où elle est.

Je déteste les fêtes à la maison. Les gens oublient les règles de bonne conduite qu'ils observeraient s'ils venaient vous rendre visite n'importe quel autre jour. Ils abandonnent leurs assiettes sur la première surface plane qui se présente ; ils renversent leurs verres et tournent les talons sans se soucier d'éponger les dégâts ; ils attrapent les amuse-gueules à pleines poignées, et remettent ceux qu'ils n'aiment pas dans la coupe ; ils cherchent des endroits où se bécoter. Je ramasse une assiette et un gobelet en carton en équilibre sur un repose-pieds et les jette dans un sac-poubelle. Pile quand je pars chercher du produit nettoyant, on sonne à la porte : Tade.

Il est... Il porte un jean, un tee-shirt blanc près du corps et un blazer gris. Je ne peux pas m'empêcher de le fixer.

« Tu es ravissante », me dit-il. Un compliment en forme de rameau d'olivier, j'imagine. Ça devrait me faire ni chaud ni froid. Depuis notre fameuse conversation, je me tiens à l'écart de son chemin, je fais profil bas. J'ai beau me défendre d'être touchée par ce compliment désinvolte, un léger vertige m'envahit et je contracte tous les muscles de mon visage pour retenir un sourire sur le point d'exploser. « Écoute, Korede, je suis dé...

— Salut ! » entends-je dans mon dos. Ayoola a finalement choisi une maxi robe qui épouse sa silhouette, et d'une couleur si proche de celle de sa peau qu'avec les lumières tamisées, on pourrait la croire nue. Seules se détachent les boucles d'oreilles en or, les talons dorés et, pour couronner le tout, le bracelet que Tade lui a offert. Je détecte des particules de poudre bronzante légèrement dorée sur sa peau.

Tade passe devant moi et dépose un baiser délicat sur ses lèvres. Amour ou pas, ils forment un couple très séduisant ; vu de l'extérieur, du moins. Il lui tend un cadeau, et je me rapproche, l'air de rien. C'est une petite boîte, quoique trop longue et trop étroite pour être l'écrin d'une bague. Tade coule un regard vers moi, et je me métamorphose aussitôt en abeille industrieuse, je regagne le cœur battant de la fête pour continuer la collecte des assiettes en carton.

Au cours de la soirée, j'aperçois Tade et Ayoola, par intermittence – ils rient devant le saladier de punch ; ils s'embrassent dans les escaliers ; ils se donnent la becquée sur la piste de danse. Quand ces flashs successifs finissent par m'insupporter, j'attrape un châle dans un tiroir et je sors prendre l'air. La fraîcheur n'est pas encore tombée mais je m'enveloppe dans mes bras sous l'étoffe. J'ai besoin de parler à quelqu'un, n'importe qui ; à quelqu'un d'autre que Muhtar. Une fois, j'ai envisagé d'entreprendre une psychothérapie, mais depuis, Hollywood a révélé que les psys ont le devoir de rompre le secret médical si la vie de leur patient ou d'autrui est en danger. J'ai le pressentiment que si jamais je parlais d'Ayoola, le secret médical ne tiendrait pas cinq minutes. N'y a-t-il pas une option où personne ne meurt et où Ayoola n'a pas à finir en prison ? Je pourrais peut-être consulter un psy sans aborder le sujet des meurtres. J'aurais de quoi meubler quantité de séances uniquement en parlant de Tade et Ayoola, et de ce que j'endure à les voir ensemble.

« Tu l'aimes bien ? » m'avait-elle demandé. Non, Ayoola. Je l'aime tout court.

INFIRMIÈRE EN CHEF

Sitôt arrivée à l'hôpital, je gagne le bureau du Dr Akigbe, ainsi qu'il m'en a priée par e-mail. Un e-mail comme d'habitude abrupt, mystérieux, étudié pour laisser le destinataire sur les charbons ardents.

« Entrez ! » Sa voix résonne comme un coup de massue sur la porte.

Le Dr Akigbe est le doyen des médecins de St Peter. Les yeux rivés sur l'écran de son ordinateur, il fait défiler quelque chose avec sa souris. Comme il ne m'adresse pas la parole, je m'invite moi-même à m'asseoir et j'attends. Il lâche sa souris et relève la tête.

« Savez-vous en quelle année cet hôpital a été fondé ?

— En 1971, monsieur. » Je me recule dans mon fauteuil et je soupire. Il ne m'a tout de même pas convoquée pour m'infliger un cours sur l'histoire de l'hôpital ?

« Excellent, excellent. Je n'étais pas encore là, à l'époque, évidemment. Je ne suis pas si vieux que ça ! » Il s'esclaffe de sa propre blague. Bien sûr qu'il est assez vieux pour ça. Simplement, à cette date-là, il travaillait ailleurs. Je toussote, dans l'espoir de le

147

dissuader de se lancer dans un récit que j'ai déjà entendu un millier de fois. Il se lève, déploie son mètre quatre-vingt-dix et s'étire. Je vois venir la suite. Il va me faire le coup de l'album photo. Il va me montrer à quoi ressemblait l'hôpital à ses débuts, et les portraits de ses trois fondateurs, sur lesquels il est intarissable.

« Docteur, je dois aller... Ta... Le Dr Otumu a besoin de moi pour une TEP.

— Oui, oui. » Il continue à chercher l'album dans la bibliothèque.

« Je suis la seule infirmière du service formée pour les TEP, monsieur. » Il est sans doute vain d'espérer le presser par mon insistance, mais quoi qu'il ait à me dire, je préférerais ne pas devoir poireauter une heure pour l'entendre. À ma grande surprise, il pivote vers moi et m'adresse un grand sourire.

« Et c'est justement pour ça que vous êtes là !

— Monsieur ?

— Ça fait un moment que je vous observe. » Il braque l'index et le majeur vers ses yeux, puis les retourne vers moi. « Et j'apprécie ce que je vois. Vous êtes minutieuse, et la bonne marche de cet hôpital vous tient très à cœur. Franchement, vous me rappelez celui que j'étais à votre âge ! » Il part d'un nouvel éclat de rire. On croirait entendre un chien qui aboie.

« Je vous remercie, monsieur. » Ses compliments me réchauffent le cœur, et je lui souris. Je n'ai fait que mon travail, mais c'est gratifiant de voir ses efforts reconnus. « Il va sans dire que vous étiez toute désignée pour le poste d'infirmière en chef ! » Infirmière en chef. C'est assurément un rôle qui me convient. Après tout, cela fait déjà un petit moment que j'en assume les tâches. Tade avait mentionné que j'étais pressentie pour le poste, et je pense au dîner qu'il m'a promis pour fêter ma promotion. Une promesse qui est désormais nulle et non avenue, j'imagine. J'ai perdu l'amitié de Tade, Femi a probablement triplé de volume à l'heure qu'il est, mais je suis l'infirmière en chef de l'hôpital St Peter. Ça sonne bien.

« Je suis très honorée, monsieur. »

COMA

Quand je regagne l'accueil, Chichi est encore là, à traîner derrière le comptoir. Peut-être y a-t-il un homme, à la maison, qu'elle répugne à retrouver ? Elle parle avec animation à une grappe d'employés qui ne l'écoutent pas vraiment. Je surprends les mots « miracle » et « coma ».

« Que se passe-t-il ? je demande.

— Tu connais pas la nouvelle ?

— Quelle nouvelle ?

— Ton meilleur ami est réveillé.

— Qui ça ?

— M. Yautai ! Il est réveillé ! »

Avant même de songer à répondre, je plante Chichi devant le poste des infirmières et je fonce au troisième. J'aurais préféré apprendre la nouvelle de la bouche du Dr Akigbe ; cela m'aurait permis de poser les questions neurologiques pertinentes. Mais vu qu'il tenait une occasion en or de faire un énième laïus sur l'histoire de l'hôpital, je ne m'étonne pas qu'il ait oublié de me l'annoncer. Ou alors, il ne m'a rien dit parce que ce n'est pas vrai, et que Chichi aura mal compris...

La famille de Muhtar est rassemblée autour de son lit, si bien que je ne le vois pas immédiatement en entrant dans la chambre. Son épouse, dont la silhouette mince est gravée dans ma mémoire, et un homme grand – le frère, j'imagine – me tournent le dos. Leurs corps ne se touchent pas, mais ils penchent l'un vers l'autre, comme s'ils étaient aimantés par quelque mystérieuse force. Peut-être ces deux-là se sont-ils mutuellement réconfortés un peu trop souvent.

Face à la porte, et maintenant à moi, se tiennent ses enfants. Les fils sont raides comme des piquets – l'un des deux pleurniche sans bruit – et sa fille lui présente le nouveau-né qu'elle porte dans ses bras. C'est ce geste qui me force à regarder enfin la réalité en face : Muhtar a repris conscience. Il a rejoint le royaume des vivants.

À l'instant où je recule dans le couloir pour les laisser en famille, j'entends sa voix : « Qu'elle est belle ! »

C'est la première fois que je l'entends. Quand j'ai rencontré Muhtar, il était déjà dans le coma. Je m'étais imaginé qu'il avait une voix grave et mélodieuse. Comme il n'a pas prononcé un seul mot depuis plusieurs mois, elle est aiguë, faible, presque réduite à l'état de murmure.

En me retournant, je bute contre Tade.

« Holà, doucement ! » Il trébuche en arrière puis recouvre l'équilibre.

« Salut », dis-je distraitement, l'esprit ailleurs. Par-dessus mon épaule, Tade regarde la scène qui se joue dans la chambre.

« Ainsi donc, M. Muhtar est réveillé.

— Ouais, c'est génial, je parviens à répondre.

— Je suis sûr que c'est grâce à toi.

— Hein ?

— Oui, c'est grâce à toi qu'il a tenu bon. Tu as toujours été aux petits soins pour lui.

— Ça, il n'en savait rien.

— Peut-être, mais nul ne peut anticiper à quels stimuli le cerveau répondra.

— C'est sûr.

— Félicitations, au fait.

— Merci. » J'attends, mais il ne fait aucune mention de sa promesse.

Je me décale d'un pas et poursuis ma route dans le couloir.

Pile au moment où j'arrive à l'accueil, j'entends un cri perçant. Les patients qui attendent se retournent, saisis eux aussi ; Yinka et moi nous nous précipitons vers l'origine du bruit – la chambre 105. Yinka ouvre la porte à la volée, nous entrons en trombe, et découvrons Assibi et Gimpe solidement agrippées l'une à l'autre. Gimpe a cravaté Assibi, qui, de son côté, lui enfonce ses griffes dans les seins. En nous voyant, les deux femmes se figent. Yinka pouffe de rire.

« La vache ! s'écrie-t-elle, une fois calmée.

— Merci, Yinka », dis-je, de manière appuyée
Mais elle reste là, à sourire bêtement.

« Merci », je répète. La dernière chose dont j'ai besoin, c'est qu'elle jette de l'huile sur l'incendie.

« Quoi ? fait-elle.

— Je peux gérer, à partir de là. »

Je la vois bien partie pour argumenter, mais non, elle hausse les épaules. « Comme tu veux », marmonne-t-elle. Elle jette un dernier regard en direction d'Assibi et de Gimpe, esquisse un rictus et file. Je m'éclaircis la voix.

« Toi, viens ici. Et toi, là. » Quand les deux harpies sont à bonne distance l'une de l'autre, je leur rappelle qu'elles sont dans un hôpital, pas dans quelque bar pouilleux pour routiers.

« Je devrais vous faire renvoyer l'une et l'autre.

— Non, *ma* !

— S'il vous plaît, *ma*.

— Expliquez-moi ce qu'il y a de si grave qu'il vous faille en venir aux mains. » Pas de réponse. « J'attends...

— C'est Gimpe. Elle essaie de me piquer mon jules.

— Oh ?

— Mohammed n'est pas ton jules ! » Mohammed ? Sérieux ? Je regrette de n'avoir pas devancé Yinka. J'aurais dû vider les lieux la première. Maintenant que j'y pense, elle avait probablement deviné ce qui se passait.

Mohammed est infoutu de faire le ménage, son hygiène corporelle laisse plus qu'à désirer et pourtant, allez savoir comment, il s'est débrouillé pour que ces deux femmes en pincent pour lui, pour créer ce psychodrame au sein de l'hôpital. C'est lui qu'il faudrait renvoyer. Il ne me manquerait pas.

« Je me fiche de savoir de qui Mohammed est le jules. Libre à vous de vous trucider du regard ou de réduire en cendres la baraque de votre rivale, mais dès que vous posez un pied dans cet hôpital, vous devez vous conduire en professionnelles – sinon, c'est la porte. Compris ? »

Elles grommellent quelque chose qui sonne comme : mmchalefrrustahaineuse

« Compris ?

— Oui, *ma*.

— Parfait. Maintenant, s'il vous plaît, au travail. »

À l'accueil, je trouve Yinka renversée contre son dossier, les yeux fermés et la bouche ouverte.

« Yinka ! » Je tape sur le comptoir avec un bloc à pince et elle se réveille en sursaut. « Si je te reprends à dormir, je fais un rapport !

— Qui est mort et qui t'a nommée infirmière en chef ?

— En fait, marmotte Bunmi, on l'a promue ce matin.

— Quoi ?

— Nous aurons une réunion à ce sujet plus tard dans la journée », j'ajoute.

Yinka reste coite.

LE JEU

Il pleut ; c'est le genre de trombes d'eau qui détruisent les parapluies et rendent les imperméables inutiles. Nous sommes coincés à la maison – Ayoola, Tade et moi. J'essaie de les éviter, mais Ayoola profite de ce que je traverse le salon pour m'alpaguer.

« Jouons à un jeu de société ! »

Tade et moi soupirons.

« Sans moi, dis-je.

— Et si on jouait, *nous*, juste tous les deux ? » lui suggère Tade. J'essaie d'ignorer le coup de poignard dans mon cœur.

« Non, il faut être au moins trois. On joue tous, ou pas du tout.

— On pourrait faire une partie de dames. Ou d'échecs ?

— Non, je veux jouer au Cluedo. »

Elle ne doute vraiment de rien. À la place de Tade, je lui répondrais d'aller se faire voir, avec son Cluedo.

« Je vais le chercher. » Elle se lève d'un bond et nous laisse seuls au salon. Comme je ne veux pas le regarder, je fixe la fenêtre et le paysage lessivé par la pluie. Les allées de notre résidence sont désertes, tout le monde est réfugié à l'intérieur. Dans les pays occidentaux, on peut chanter ou danser sous la pluie ; ici, on finirait noyé.

« J'ai peut-être été un peu dur, l'autre jour... » lâche Tade tout à trac. Il marque une pause, il attend que j'embraye, mais je ne trouve rien à répondre. « On m'a dit que les sœurs pouvaient parfois se montrer... méchantes entre elles.

— Qui t'a dit ça ?

— Ayoola. »

Je veux rire, mais c'est un cri étranglé qui sort de ma gorge.

« Elle t'admire beaucoup, tu sais. » Je me résous à le regarder, droit dans ses yeux de biche qui respirent l'innocence, et je me demande si j'ai été un jour comme lui – si j'ai jamais eu ce genre d'innocence. Il est si merveilleusement normal et naïf ! Peut-être est-ce sa naïveté qui attire Ayoola, autant qu'elle m'attire moi – la nôtre, la vie nous l'a arrachée de force, je suppose. Je m'apprête à lui répondre à l'instant où Ayoola se laisse choir sur le canapé. Elle serre la boîte du Cluedo contre sa poitrine. Tade m'oublie et n'a plus d'yeux que pour elle.

« Tade, tu as déjà joué au Cluedo ?

— Non.

— D'accord : le but, c'est de découvrir qui est le meurtrier, dans quelle pièce a eu lieu le crime, et quelle était l'arme. Le premier qui trouve gagne la partie. »

Elle lui tend la règle du jeu et me décoche un clin d'œil.

DIX-SEPT

Ayoola avait 17 ans, la première fois, et elle était complètement paniquée. Quand elle m'a appelée, je ne comprenais pas un traître mot de ce qu'elle me disait.

« Tu as fait quoi ?

— Je... le couteau... c'est... il y a du sang partout. » J'entendais ses dents s'entrechoquer, comme si elle grelottait. J'ai essayé de contrôler la panique que je sentais monter en moi.

« Ayoola, moins vite. Respire profondément. Où saignes-tu ?

— Je... non, pas moi... Somto. C'est Somto.

— On vous a agressés ?

— Je...

— Où es-tu ? Je vais ap...

— Non ! Viens seule !

— Ayoola, où es-tu ?

— Tu viendras seule ?

— Je ne suis pas médecin.

— Je te dis où je suis uniquement si tu me promets de venir seule. »

J'ai promis.

Quand je suis arrivée à la cité universitaire, Somto était déjà mort. Il avait le pantalon aux chevilles, et son expression hébétée était le miroir de la mienne.

« Tu... c'est toi qui as fait ça ? »

À l'époque, j'avais trop peur de traîner sur les lieux pour tout nettoyer, donc nous avons mis le feu à la chambre. Jamais, une seule seconde, je n'ai envisagé de laisser Ayoola à la merci de la police. Pourquoi prendre le risque de la voir plaider, en pure perte, la légitime défense ?

Somto occupait un studio qui faisait face aux eaux de la lagune – celle-là même qu'enjambe le Third Mainland Bridge. Nous avons aspergé son corps avec le diesel qu'il destinait à son groupe électrogène, nous avons craqué une allumette, et filé. Les autres étudiants ont évacué le bâtiment en courant lorsque l'alarme incendie s'est déclenchée, de sorte qu'il n'y a pas eu de dommages collatéraux. Somto était fumeur ; l'université n'est pas allée chercher plus loin.

Qui : Ayoola. Où : un studio. Arme du crime : le couteau

MANTE RELIGIEUSE

Ayoola gagne la partie de Cluedo, mais uniquement parce que, tout du long, je suis obligée d'expliquer les règles à Tade, pour lui éviter de tomber dans les pièges qu'elle est si douée pour tendre.

Je m'étais auto-convaincue que si Tade pouvait gagner ici... alors peut-être...

« Tu es une vraie pro, à ce jeu, la félicite-t-il en la taquinant d'une pression sur la cuisse. Hé, j'ai un petit creux ! Je remangerai bien un peu de ce gâteau. Il en reste ?

— Demande à Korede.

— Oh ! Korede est douée en pâtisserie aussi ? »

Ayoola hausse les sourcils et risque un regard dans ma direction. Je la fixe droit dans les yeux, et j'attends.

« Tu crois que moi je suis douée ?

— Oui... j'ai déjà goûté à ton gâteau renversé à l'ananas.

— Qui t'a dit que c'était *mon* gâteau ? Korede ? »

Il réfléchit. « Oui... attends, non... c'est ta mère. »

Elle lui sourit, comme pour s'excuser qu'on l'ait induit en erreur.

« Je serais incapable de faire un gâteau, même pour sauver ma peau, affirme-t-elle sans ambages.

Korede a fait un crumble aux pommes, ce matin. Ça te va ?

— Oh. Oui, bien sûr. »

Ayoola appelle la petite bonne et lui demande d'apporter le crumble, de la crème et des assiettes à dessert. Cinq minutes plus tard, la voilà en train de nous servir des portions généreuses. Je repousse mon assiette ; je me sens nauséeuse. Tade goûte le crumble, ferme les yeux et sourit. « Korede, c'est absolument divin. »

CONSCIENT

Je ne suis pas retournée dans la chambre de Muhtar depuis qu'il est sorti du coma. C'est la fin d'une époque. Je ne peux plus me confier à lui en toute impunité, et il n'a jamais été officiellement mon patient.

« Korede.

— Mm...

— Le patient de la 313 aimerait te voir.

— Muhtar ? Pourquoi ? »

Chichi hausse les épaules. « T'as qu'à aller lui demander toi-même. »

J'hésite à répondre à cette convocation mais, d'ici peu, dans le cadre de sa physiothérapie, Muhtar se promènera dans les couloirs. Je sais que ce n'est qu'une question de temps avant de le croiser.

Je frappe à la porte de la chambre.

« Entrez. »

Il est assis sur le lit, un livre à la main. Il le pose à côté de lui et me dévisage, l'air d'attendre quelque chose. Il a des cernes marqués, mais l'œil vif et le regard concentré. On dirait pourtant qu'il a pris un coup de vieux, depuis qu'il est réveillé.

« Je suis Korede, une des infirmières. » Il ouvre de grands yeux.

« C'est donc vous !

— Pardon ?

— C'est vous qui me rendiez visite.

— Oh, elles vous ont raconté ça ?

— Qui ?

— Les infirmières.

— Les infirmières ? Non, non, je m'en souviens, c'est tout.

— Vous vous souvenez… de quoi ? » On gèle dans cette chambre ; la température de mes mains chute d'un coup et je sens des picotements envahir mes paumes.

« Je me souviens de votre voix. Je me souviens que vous me parliez. »

J'ai la peau sombre, mais je me sens blêmir et devenir aussi blanche qu'un fantôme. Qu'en est-il de toutes ces recherches démontrant que les patients dans le coma n'ont vraisemblablement pas conscience de leur environnement ? Certes, Tade était convaincu que mes visites lui faisaient du bien, mais pas une seule seconde je n'ai envisagé que Muhtar ait pu réellement m'entendre.

« Vous vous souvenez que je vous parlais ?

— Oui.

— Et vous vous rappelez ce que je disais ? »

MARCHÉ

Un jour, j'avais 10 ans, j'accompagnais ma mère au marché, et elle m'a perdue. Nous étions là pour acheter des tomates, des feuilles de *ndolé*, des langoustines, des oignons, de l'*ata rodo*, du *tàtàsé*, des plantains, du riz, du poulet et du bœuf. J'avais la liste avec moi, je l'avais déjà mémorisée et je la psalmodiais à mi-voix.

Maman tenait la main d'Ayoola, et je fermais la marche, sans quitter le dos de ma mère, de peur de les perdre dans ce flot humain qui jouait des coudes entre les étals. Soudain, Ayoola a vu quelque chose, un lézard peut-être, et elle a voulu se lancer à sa poursuite. Elle a libéré sa main et s'est mise à courir. Ma mère, n'écoutant que son instinct, lui a couru après.

J'ai réagi avec un temps de retard. Je n'ai pas compris qu'Ayoola s'était échappée. Un instant plus tôt, ma mère marchait devant moi, vite, mais sans dévier de sa trajectoire et, subitement, je l'ai vue filer je ne sais où, sans moi.

J'ai essayé de la suivre mais je l'ai perdue tout de suite, et j'ai arrêté de courir. D'un coup d'un seul, je me retrouvais dans un endroit qui n'avait rien de familier, entourée d'inconnus menaçants. En ce moment, je me sens à peu près comme ce jour-là. Désorientée, effrayée, et persuadée qu'un malheur me guette.

SOUVENIR

« C'est très fragmentaire.

— Mais encore ?

— Voulez-vous vous asseoir ? » Il m'indique un fauteuil, et je m'installe. Il faut qu'il continue à parler. J'ai confié à cet homme presque tous mes secrets, convaincue qu'il les emporterait dans la tombe. Et c'est ce même homme qui, maintenant, me dispense un sourire timide et s'efforce de ne pas baisser les yeux.

« Pourquoi l'avez-vous fait ?

— Fait quoi ? » Je ne reconnais pas ma propre voix.

« Me rendre visite. Vous ne me connaissez pas, et j'ai l'impression que ma propre famille ne venait quasiment plus.

— C'était éprouvant, pour eux, de vous voir dans cet état.

— Ne leur cherchez pas d'excuses », assène Muhtar.

Il s'ensuit un silence. Ni lui ni moi ne savons comment rebondir.

« J'ai une petite-fille, maintenant, reprend-il.

— Félicitations.

— Le père soutient qu'elle n'est pas de lui.

— C'est original.

— Êtes-vous mariée ?

— Non.

— Tant mieux pour vous. Le mariage, ce n'est jamais ce qu'on vous a vendu.

— Et donc, vous disiez vous souvenir de certaines choses ?

— Oui. C'est incroyable, n'est-ce pas ? On pense que le corps tout entier est en hibernation, mais c'est faux – le cerveau, lui, continue à travailler, à recueillir des informations. C'est vraiment fascinant. » Muhtar est bien plus bavard que je l'imaginais et il gesticule en parlant. Je le vois bien faire cours à une pleine salle d'étudiants et discourir avec passion et enthousiasme de sujets dont son auditoire se contrefiche.

« Donc, en fait, vous vous souvenez de beaucoup de choses.

— Non, pas de beaucoup. Je sais que vous aimez le pop-corn nappé de sirop. Vous m'avez dit que je devrais essayer, à l'occasion. »

J'ai du mal à déglutir. À l'hôpital, personne ne peut savoir ça – sauf Tade. Et Tade n'est pas du genre à faire des farces.

« Et… c'est tout ? je demande, d'un filet de voix.

— Vous semblez nerveuse. Ça va ?

— Oui, oui, très bien.

— J'ai de l'eau, si vous voulez…

— Non, je vous assure, tout va bien. Autre chose ? »

Il me jauge un instant, tête inclinée de côté. « Oh oui ! Je me souviens vous avoir entendue dire que votre sœur est une tueuse en série. »

FOLIE

Qu'est-ce qui m'a pris de me confier à un corps dans lequel il restait un souffle de vie ?

Une pensée nullement sollicitée, et que je m'empresse d'écrabouiller, s'invite dans mon esprit : parce que c'était un moyen d'arriver à mes fins. Je regarde Muhtar droit dans les yeux et j'éclate de rire. « Et je vous ai dit qui elle a tué ?

— Non, ça, je ne m'en souviens pas.

— Bon, ce sont des phénomènes auxquels il faut s'attendre : quand on est dans le coma, on a généralement du mal à faire la part entre les rêves et la réalité. »

Il opine. « C'est bien ce que je pensais. »

Le ton, cependant, manque de conviction. Ou bien est-ce ma peur qui me pousse à des surinterprétations ? Muhtar continue à me dévisager, tout en essayant de trouver quel sens donner à tout ça. Il faut que je me cantonne au terrain médical.

« Souffrez-vous de maux de tête ?

— Non...

— Parfait. Avez-vous du mal à dormir ?

— ... Parfois.

— Mmm… Bon, si jamais vous commencez à avoir des hallucinations…

— Des hallucinations ?!

— Ne paniquez pas, parlez-en simplement aux médecins. »

Mais il a l'air paniqué, et je culpabilise : « Reposez-vous, et si vous avez besoin de quoi que ce soit, appuyez sur le bouton qui se trouve à côté de vous. »

Je me lève et je repousse le fauteuil dans l'angle de la chambre.

« Ça vous embêterait de rester encore un peu ? Vous avez une voix si agréable ! »

Il a un visage étroit et un peu éteint. Ce qu'il y a de plus expressif chez lui, ce sont ses yeux. Des yeux qui suivent chacun de mes mouvements tandis que je m'agite pour ranger des choses qui sont déjà à leur place. Des yeux qui me mettent à cran.

« Je suis désolée, monsieur, mais je dois retourner travailler.

— N'est-ce pas ce que vous faites, en étant ici – travailler ?

— Ce n'est pas moi qui suis affectée à votre suivi. » Je feins de jeter un dernier coup d'œil à son dossier puis me dirige vers la porte. « Je suis heureuse que vous vous sentiez mieux, monsieur Yautai », dis-je, et je m'éclipse.

Trois heures plus tard, Bunmi m'informe que Muhtar a demandé que je devienne son infirmière attitrée. Yinka, qui *est* son infirmière, hausse les épaules ; elle n'en a rien à fiche.

« Il a des yeux qui me donnent la chair de poule, de toute façon.

— Auprès de qui a-t-il fait cette requête ? je demande.

— Auprès du Dr Le-patient-d'abord. » Soit le Dr Akigbe. Et il y a de très, très fortes chances pour que celui-ci accède à la demande de Muhtar. Le Dr Akigbe n'aime rien tant que satisfaire les caprices des patients quand ça ne lui coûte rien.

Je me laisse choir dans un fauteuil, derrière le comptoir, et je réfléchis à mes différentes options. Aucune n'est idéale. Je m'imagine en train de coucher son nom dans mon carnet. Est-ce ainsi que ça se passe, pour Ayoola ? Elle n'est que joie et bonne humeur et, l'instant d'après, elle a une envie de meurtre.

SOMMEIL

Je rêve de Femi. Pas du Femi inanimé que j'ai rencontré, mais de celui dont le sourire s'affichait partout sur Instagram, celui dont les poèmes continuent de me trotter dans la tête. J'essaie de comprendre comment ce Femi-là est devenu une victime.

Il était arrogant, cela ne fait aucun doute. Mais c'est couramment le cas des hommes beaux et talentueux. Sur son blog, il adoptait un ton cassant, cynique, et il avait, semblait-il, un seuil de tolérance très bas face aux imbéciles. Mais, comme s'il était en guerre avec lui-même, sa poésie était badine et romantique. C'était un homme… complexe. Le genre d'homme que jamais Ayoola n'aurait dû pouvoir envoûter.

Dans mon rêve, il s'adosse confortablement à son fauteuil et me demande ce que je vais faire.

« À quel sujet ?

— Elle n'arrêtera pas, tu sais.

— C'était de la légitime défense.

— Allons ! me gourmande-t-il. Tu n'y crois pas vraiment. »

Il se lève, commence à s'éloigner, et je lui emboîte le pas. Que puis-je faire d'autre ? Je veux me réveiller, mais je veux aussi voir où il va m'emmener. Il s'avère qu'il veut retourner sur le lieu de sa mort. Nous contemplons son corps, bras ballants, impuissants face à la tragédie. À côté de lui, par terre, il y a le couteau dont elle ne se sépare jamais et avec lequel elle fait couler le sang. Elle l'avait caché avant mon arrivée mais, dans mon rêve, je le vois aussi clairement qu'en plein jour.

Il me demande s'il aurait pu faire quelque chose différemment.

« Tu aurais pu pousser plus loin que les apparences. »

CRÈME GLACÉE

Elle s'appelle Peju.

Elle rôde devant le portail de notre résidence, et me fond dessus à l'instant où je le franchis. Je ne la reconnais pas d'emblée, mais je baisse ma vitre et passe la tête pour savoir ce qu'elle me veut.

« Que lui avez-vous fait ?

— Pardon ?

— Femi. Qu'avez-vous fait à Femi ? » Je comprends maintenant qui elle est. Je l'ai déjà vue, plus de fois que je ne peux en compter, sur Instagram. C'est elle qui alimentait le fil #FemiDurandADisparu, elle encore qui a interpellé Ayoola sur Snapchat. Elle a beaucoup maigri et ses beaux yeux sont injectés. J'essaie de demeurer impassible.

« Je ne peux pas vous aider.

— Vous ne pouvez pas ? Ou vous ne voulez pas ? Je veux juste savoir ce qui lui est arrivé. » Je tente d'avancer, mais elle ouvre ma portière. « Le pire de tout, c'est de ne pas savoir. » Sa voix se brise.

Je coupe le contact et descends de voiture. « Je suis désolée, mais...

— Certains disent qu'il a probablement quitté le pays, mais jamais il ne ferait une chose pareille

172

– nous laisser nous ronger les sangs comme ça... Si seulement on avait... »

J'ai une puissante envie de tout lui avouer, de lui raconter ce qui est arrivé à son frère, pour lui épargner de passer sa vie à se poser des questions. Je pense aux mots que je pourrais prononcer – *désolée, ma sœur l'a poignardé dans le dos, et j'ai tout orchestré pour faire disparaître son corps dans la mer.* Je pense à l'effet que ça ferait de les entendre. Et à ce qu'il adviendrait.

« Écoutez, je suis vraiment...

— Peju ? »

Peju tourne vivement la tête, et découvre ma sœur qui vient vers nous dans l'allée.

« Que fais-tu ici ? lui demande Ayoola.

— Tu es la dernière personne à l'avoir vu. Tu nous caches quelque chose, je le sais. Dis-moi ce qui est arrivé à mon frère. »

Ayoola porte une salopette – je ne connais personne d'autre qui peut encore se le permettre – et elle est en train de lécher un cornet de glace, qu'elle vient probablement d'acheter chez le glacier, au bout de la rue. Elle s'interrompt, non parce qu'elle est émue par la supplique de Peju mais parce qu'elle a conscience qu'en présence de quelqu'un qui pleure un disparu, on se doit de surseoir à nos petites affaires. J'ai consacré trois heures, un dimanche après-midi, à lui expliquer cette règle de savoir-vivre.

« Tu penses qu'il est... mort ? » souffle Ayoola.

Peju éclate en sanglots. C'est comme si la question venait d'éventrer un barrage qu'elle s'efforçait d'étayer. Ce sont des sanglots profonds, bruyants, qui entravent sa respiration et ébranlent son corps. Ayoola passe un coup de langue sur la glace puis, de son bras libre, elle attire Peju dans une étreinte et lui frictionne le dos.

« Ça va aller, ça finira par s'arranger », lui murmure-t-elle.

L'identité de celle qui réconforte Peju a-t-elle ici une quelconque importance ? Ce qui est fait est fait. Où est l'offense, si la meurtrière de son frère est la seule personne qui parvienne à évoquer candidement l'éventualité de sa mort ? Peju avait besoin qu'on la décharge du fardeau écrasant de l'espoir, et Ayoola était la seule disposée à faire ce geste.

Ayoola continue à tapoter le dos de Peju tout en fixant d'un air résigné sa glace qui dégouline sur l'asphalte.

SECRET

« Korede ? Je peux te parler une seconde ? »

Je hoche la tête et emboîte le pas à Tade. Sitôt qu'on a refermé la porte de son bureau, il me regarde avec un sourire radieux. Mes joues s'enflamment, mais je ne peux pas m'empêcher de lui rendre son sourire.

Il est particulièrement fringant, avec sa nouvelle coupe de cheveux. Lui qui était jusque-là plutôt conservateur et les tondait quasi à ras, il les a laissés pousser et, maintenant, ils sont courts sur la nuque et les côtés, mais plus longs de quelques centimètres sur le dessus. Ça lui va bien.

« Je veux te montrer quelque chose, mais tu dois me promettre de garder le secret.

— D'accord...

— Promets-le.

— Je te promets de garder le secret. »

Il ouvre un tiroir en fredonnant, farfouille à l'intérieur et en extrait quelque chose. Une petite boîte. Un écrin.

« C'est pour qui ? » je demande d'une voix étranglée. Comme si la réponse faisait le moindre doute. Comme s'il était besoin de préciser à qui la bague n'est pas destinée.

« Tu penses qu'elle va l'aimer ? »

C'est un diamant de deux carats, taille princesse, niché dans un pavé de pierres précieuses – il faudrait être aveugle pour ne pas l'aimer.

« Tu veux demander sa main à Ayoola. »

C'est dit, et ça lève toute ambiguïté.

« Tu crois qu'elle dira oui ? »

Enfin une question à laquelle je n'ai pas la réponse... Je refoule des larmes brûlantes d'un battement de paupières et je m'éclaircis la voix. « N'est-ce pas un peu prématuré ?

— Quand on sait qu'on a trouvé la bonne, on le sait. Un jour tu comprendras, Korede, quand tu tomberas amoureuse. »

Je suis la première étonnée de m'entendre rire. Ça débute par un hoquet, suivi de gloussements qui dégénèrent en rire incontrôlable. Tade a beau me dévisager, je continue à pleurer de rire. Quand je me calme enfin, il demande : « Qu'y a-t-il de si drôle ?

— Tade... Qu'est-ce qui te plaît, chez ma sœur ?

— Tout.

— Mais si tu devais te montrer précis ?

— Eh bien, elle est... c'est vraiment quelqu'un d'à part.

— D'accord... mais en quoi, précisément ?

— Elle est tellement... tellement... belle. Parfaite. Jamais je n'ai autant tenu à quelqu'un. »

Je me frotte le front du bout des doigts. Il n'a pas jugé opportun de souligner qu'elle est très bon public mais pas rancunière pour deux sous. Que c'est une tricheuse invétérée mais qu'elle peut coudre un ourlet sans même regarder ses doigts. Il ne sait rien de ses qualités... ni de ses plus noirs secrets. Et ça n'a pas l'air de le déranger.

« Range ta bague, Tade.

— Pardon ?

— Tout ça, c'est... » Je me perche sur son bureau et j'essaie de trouver les mots justes. « Pour elle, c'est juste un jeu et de la rigolade. »

Il soupire et nie de la tête. « Les gens changent, Korede. Je sais qu'elle m'a trompé, c'est parce qu'elle n'a encore jamais connu le véritable amour. Et c'est ça que je peux lui donner.

— Elle te fera du mal. » Je vais pour poser ma main sur son épaule, mais il l'esquive d'un mouvement.

« Je suis un grand garçon... »

Comment un homme peut-il être à ce point obtus ? Ma frustration se matérialise en une bulle de gaz, logée dans ma poitrine, et je laisse échapper un rot.

« Je suis sérieuse. Elle te fera du mal – physiquement ! Comme elle en a déjà fait à d'autres hommes. » Pour préciser mon propos, j'étrangle le vide entre mes mains.

Il y a un silence : Tade médite ce que je viens de dire, et moi, je médite le fait que je viens de le dire. Je laisse retomber mes mains. Je devrais me taire, maintenant. Je lui en ai dit autant que je peux. À lui de dérouler le fil à partir de là.

« C'est parce que tu n'as pas quelqu'un, toi aussi ? demande-t-il.

— Je te demande pardon ?

— Pourquoi t'opposes-tu à ce qu'Ayoola aille de l'avant ? On dirait que tu veux qu'elle dépende de toi *ad vitam aeternam.* » Il secoue la tête pour me manifester sa déception et je dois me retenir de hurler. J'enfonce les ongles dans mes paumes. Je n'ai jamais empêché Ayoola d'aller de l'avant, je dirais même que j'ai fait tout le contraire : je lui ai offert un avenir.

« Je ne...

— On dirait que tu ne veux pas qu'elle soit heureuse !

— Elle a déjà tué ! » je m'écrie, en le regrettant aussitôt.

Une fois de plus, Tade secoue la tête, comme sidéré de me voir tomber si bas.

« Elle m'a parlé de ce type qui est mort. Elle m'a dit que tu l'en tenais pour responsable. » Je suis tentée de lui demander de *quel* type il parle, mais je vois bien que la bataille est perdue d'avance. Je l'avais perdue avant de savoir qu'elle était engagée. Ayoola n'a même pas besoin d'être présente dans la pièce. Elle est la ventriloque, et Tade, sa marionnette.

Il change de tactique. « Écoute, dit-il d'une voix radoucie, ton approbation lui importe vraiment, et tout ce qu'elle obtient de toi, c'est des critiques et du dédain. Elle a perdu quelqu'un qu'elle aimait et, au lieu de la soutenir moralement, tu la culpabilises. Je n'aurais jamais pensé que tu puisses être si cruelle. Je pensais te connaître, Korede.

— Non, tu ne sais rien de moi ; ni de la fille dont tu t'apprêtes à demander la main. D'ailleurs, en passant, Ayoola ne portera jamais un diamant de moins de trois carats. » Il me dévisage comme si je m'exprimais dans une langue étrangère, le petit écrin toujours au creux de son poing. Cette conversation n'a été qu'une vaste perte de temps.

En ouvrant la porte du bureau, je lui lance par-dessus l'épaule : « Surveille tes arrières – c'est tout ce que j'ai à te dire. »

Elle m'avait prévenue : *Il est superficiel. Il veut juste un joli visage.*

AMI

En me voyant approcher, Yinka lève les yeux de son téléphone.

« Ah, c'est toi ! Génial. J'avais peur de devoir aller te chercher.

— Qu'est-ce que tu veux ?

— Pardon mais, *moi*, je ne veux rien. C'est le comateux qui demande après toi non-stop.

— Il s'appelle Muhtar.

— Peu importe. » Yinka se recule dans sa chaise et reprend sa partie de Candy Crush. Je pivote sur mes talons, direction la chambre 313.

Muhtar est en train de siroter le jus d'un *agbalumo*, assis dans un des fauteuils. Sans doute une des infirmières l'a-t-elle installé là pour le changer d'horizon. Il me sourit.

« Bonjour ! Venez, asseyez-vous, je vous en prie.

— Je ne peux pas rester longtemps. » Je ne suis pas d'humeur à bavarder, aujourd'hui ; la conversation avec Tade me siffle encore dans les oreilles.

« Asseyez-vous. »

J'obtempère. Il a bien meilleure mine. On lui a coupé les cheveux, il semble s'être un peu remplumé et il a le teint moins cendreux. Je lui en fais compliment.

« Merci. C'est étonnant, le bien que la conscience peut faire à la santé ! » Sa remarque le fait rire, puis il s'interrompt. « Vous allez bien ? Je vous trouve bien pâlichonne.

— Ça va. En quoi puis-je vous aider, monsieur Yautai ?

— Allons, s'il vous plaît, nul besoin de formalités. Appelez-moi Muhtar.

— D'accord... »

Il se lève pour attraper sur la table basse un cornet en papier qu'il me tend. C'est du pop-corn nappé de sirop. Ça a l'air délicieux.

« Il ne fallait pas...

— J'y tenais. C'est le moins que je puisse faire pour vous. »

L'hôpital ne nous autorise pas à accepter de cadeaux de la part des patients, mais je ne veux pas l'offenser en refusant son témoignage de gratitude. Je le remercie, et je mets le cornet de côté.

« J'ai continué à fouiller dans mes souvenirs, et certaines choses sont un peu plus claires que d'autres », commence-t-il.

Franchement, ce n'est pas le moment, je suis trop fatiguée. À chaque jour suffit sa peine. Peut-être va-t-il se souvenir de tout ce que je lui ai raconté – y compris l'endroit où se trouvent les corps, et tout sera terminé.

« Supposons qu'une personne sache que quelqu'un a commis un crime abject. Quelqu'un qui lui est cher. Que ferait cette personne ? »

Il s'interrompt. Je me rencogne dans mon fauteuil et je le jauge. Ayant étourdiment donné à cet homme toutes les informations dont il a besoin pour nous jeter en prison, ma sœur et moi, et vu que j'ignore où il veut en venir, je dois me montrer avisée dans le choix des mots. « Cette personne aurait le devoir d'en référer aux autorités.

— Tout à fait. Mais peu d'entre nous le ferait, n'est-ce pas ?

— Vous croyez ?

— Oui, parce que nous sommes génétiquement programmés pour protéger ceux que nous aimons et leur demeurer loyaux. Sans compter que – qui est innocent en ce monde ? Personne ! Allez donc faire un tour dans votre service maternité ! Tous ces parents souriants et ces nouveau-nés ? Des criminels et des victimes. Tous sans exception. "Les parents et les proches les plus affectueux perpétuent leur crime le sourire aux lèvres. Ils nous forcent à détruire la personne que nous sommes vraiment : une variante subtile de meurtre."

— C'est assez… » Je suis incapable d'aller au bout de ma pensée. Ces mots m'ont troublée.

— C'est une citation de Jim Morrison. Je ne veux pas réclamer la paternité d'une telle sagesse », reprend-il entre deux gorgées d'*agbalumo*. Puis il ne dit plus rien, il attend que je réagisse.

« Allez-vous parler à quelqu'un de tout ça ?

— Je doute que les dires d'un homme qui sort du coma jouissent d'un quelconque crédit, là dehors. » Du pouce, il désigne la porte qui nous sépare du monde extérieur.

Je ne réponds rien. Je me concentre pour ralentir mon rythme cardiaque. Sans ma permission, des larmes roulent sur mes joues. Muhtar ne pipe mot. Il me laisse le temps d'apprécier qu'il y a en ce monde quelqu'un qui sait avec quels problèmes je me débats, et que ce quelqu'un est de mon côté.

« Muhtar, vous en savez assez pour nous faire enfermer à vie. Pourquoi vous taire ? » je lui demande en essuyant mes joues.

Il aspire une gorgée de jus, l'acidité du fruit lui arrache une grimace.

« Votre sœur, je ne la connais pas. J'ai entendu vos collègues dire qu'elle est très jolie, mais comme je ne l'ai jamais vue moi-même, son sort ne me préoccupe pas. Vous, en revanche, je vous connais, dit-il, un doigt tendu vers moi. Et votre sort m'importe.

— Vous ne me connaissez pas.

— Bien sûr que si. C'est grâce à vous que je me suis réveillé – grâce à votre voix, qui m'appelait. Je vous entends encore dans mes rêves... »

Voilà qu'il devient lyrique. C'est moi qui ai l'impression d'être dans un de mes rêves.

« J'ai peur, dis-je, et c'est à peine un murmure.

— Peur ? De quoi ?

— L'homme avec qui elle est, en ce moment... Elle pourrait...

— En ce cas, sauvez-le. »

PÈRE

Le jour qui a tout enclenché était un dimanche. Le soleil était impitoyable.

Les climatiseurs de la maison marchaient à plein régime, mais je sentais encore la chaleur qui pénétrait de l'extérieur et mon front ruisselait de transpiration. Je m'étais installée sous le climatiseur du petit salon, à l'étage, avec la ferme intention de ne plus en bouger. Du moins jusqu'à ce qu'Ayoola grimpe en trombe les escaliers et vienne m'y débusquer.

« Papa a un invité ! »

Nous étions allées nous pencher par-dessus la rambarde pour observer le visiteur. Comme son *agbada* n'arrêtait pas de glisser de ses épaules, il ne cessait de s'agiter pour la remettre en place. Elle était d'un bleu profond, et si ample qu'il était quasiment impossible de déterminer si l'homme était mince ou gros. Ayoola imitait ses gesticulations et sa pantomime nous faisait glousser. Nous n'avions pas peur de notre père lorsqu'il recevait des invités – il savait se tenir. On pouvait rire et s'en donner à cœur joie sans craindre de châtiment. L'invité avait levé la tête et nous avait souri. Son visage est gravé dans mon esprit à jamais – un carré noir, bien plus noir que mon propre visage, et des dents si blanches qu'il devait avoir le numéro de son dentiste enregistré dans ses favoris. Je l'imaginais se retrouver avec un fragment de *shaki*[1] coincé entre deux molaires et exiger séance tenante une chirurgie orthodontique. La pensée m'avait amusée, j'en avais fait part à Ayoola, qui avait éclaté d'un grand rire. Et ce rire-là avait attiré l'attention de mon père.

« Korede, Ayoola, venez saluer mon invité. »

Nous nous étions exécutées docilement. Le visiteur était assis et ma mère s'appliquait à lui offrir mets délicats sur mets délicats. C'était un homme important. Nous nous étions agenouillées, comme le veut la coutume, mais il nous avait fait signe de nous relever.

« Je ne suis pas si vieux que ça ! » avait-il protesté. Mon père et lui avaient ri, bien que la remarque n'eût rien de comique. J'espérais que mon père allait nous congédier afin de parler affaires avec son visiteur et, en attendant, je dansais d'un pied sur l'autre ; ils étaient brûlants, mes plantes étaient dévorées de démangeaisons et il me tardait de remonter retrouver la fraîcheur du climatiseur. Ayoola, elle, était captivée par la canne du visiteur. Elle était sertie sur toute sa hauteur de perles multicolores. Leur éclat lui avait tapé dans l'œil et elle s'était rapprochée pour les examiner.

L'homme observait ma sœur par-dessus sa tasse de thé. Et une fois qu'elle s'était trouvée tout près de lui, il avait souri – mais ce sourire-là était différent de celui dont il nous avait gratifiées un peu plus tôt.

« Vous avez une fille de toute beauté.

— Vous trouvez ? avait répondu mon père en inclinant la tête.

---

1. Tripes.

— Très, très belle. » En voyant l'homme humecter ses lèvres, j'avais empoigné Ayoola pour la tirer quelques pas en arrière. Cet homme ressemblait à un seigneur, et lorsque nous allions au village pour Noël, nos grands-parents nous gardaient toujours à l'écart des seigneurs. Apparemment, si jamais l'un d'eux voyait une jeune fille à son goût, il lui suffisait de la toucher de sa canne incrustée de perles pour qu'elle devienne son épouse, peu importe le nombre de femmes qu'il ait déjà épousées ; peu importe que la jeune fille en question soit d'accord, ou pas.

« Hé ! Arrête ! » avait protesté Ayoola. Je l'avais fait taire. Mon père m'avait jeté un regard noir. Cette façon que le visiteur avait de lorgner sur elle avait fait naître en moi une peur instinctive. Son visage luisait de transpiration et, même lorsqu'il s'épongeait le front avec son mouchoir, il ne quittait pas Ayoola des yeux. J'attendais que père remette cet homme à sa place. Au lieu de quoi père s'était calé contre son dossier et avait caressé la barbe qu'il entretenait à grands frais. Il regardait Ayoola comme s'il la voyait pour la première fois. De toute la gent masculine, il était le seul à ne jamais faire cas du prodigieux physique de sa fille. Il nous traitait sur un strict pied d'égalité. Avait-il seulement conscience de sa beauté ? Cela demeurait un mystère.

En voyant notre père la scruter, Ayoola s'était calmée. Il nous accordait rarement son attention et, lorsqu'il le faisait, ça ne se terminait jamais bien. Elle avait cessé de résister et m'avait laissée la tirer vers moi. Père s'était retourné vers le seigneur, des étoiles plein les yeux.

« Les filles, laissez-nous. »

On avait filé sans qu'il soit besoin de nous le dire deux fois, et refermé la porte du salon derrière nous.

Ayoola grimpait déjà quatre à quatre l'escalier, mais moi, j'avais écrasé une oreille contre la porte.

« Ça va pas ? avait-elle sifflé. S'il nous attrape...

— Chuut. » Quelques mots avaient filtré jusqu'à moi, des mots tels que « contrat », « transaction », « fille », mais derrière nos portes en bois massif, c'était dur d'entendre grand-chose d'autre. J'avais rejoint Ayoola dans l'escalier et nous étions allées dans ma chambre.

Au coucher du soleil, depuis mon balcon, nous avions vu l'homme grimper à l'arrière de sa Mercedes et s'en aller. La terreur qui était restée coincée dans ma gorge s'était un peu dissipée et, pendant longtemps, j'ai oublié l'incident avec le seigneur.

FAMILLE

Muhtar et moi bavardons à bâtons rompus – de la nourriture insipide de l'hôpital, des draps rêches, des couleuvres que lui faisaient avaler ses étudiants.

Nous sommes interrompus par un coup frappé à la porte. Entre Mohammed, qui me salue d'un marmonnement avant d'adresser un grand sourire à Muhtar et de le saluer en hausa – ce à quoi Muhtar répond avec enthousiasme. Je tombe des nues. J'ignorais qu'ils avaient lié connaissance. Et je n'ai jamais vu Mohammed sourire aussi... ouvertement – sauf, bien sûr, aux infirmières qui se disputent ses faveurs. L'hausa dresse un barrage qui m'exclut de l'échange et, au bout de cinq minutes, je songe à les laisser. Mais avant que je puisse annoncer mon intention, on toque de nouveau à la porte.

Entre cette fois un des fils de Muhtar avec, en remorque, une jeune fille que je n'ai encore jamais vue. Je ne connais pas le nom de ses enfants – ça ne me semble pas important. Mais je suis en mesure de dire que celui-ci est l'aîné ; il a une barbe fournie, il est plus grand, mince comme son père. Dans cette famille, ils sont tous fins comme des roseaux qui ploient au vent. Le regard du nouveau venu se pose sur moi. Il se demande probablement ce qu'une infirmière confortablement installée dans un fauteuil et en train de tripoter sa tasse vide peut bien faire dans la chambre de son père.

Mohammed vide la corbeille et s'en va en traînant des semelles. Je me lève.

« Bonjour papa.

— Bonjour... Korede, vous partez ?

— Vous avez de la visite. » J'adresse un signe de tête au fils.

Muhtar renifle et agite la main. « Sani, je te présente Korede, la personne dont la voix berçait mes rêves. Je suis sûr que tu ne verras pas d'inconvénient à ce qu'elle reste. »

Le fils grimace de mécontentement. Finalement, après plus ample examen, il ne ressemble pas tant que ça à son père. Il a de petits yeux et de larges orbites, si bien qu'il a toujours l'air surpris. Il acquiesce sèchement et je me rassieds.

« Papa, voici Miriam, la fille que je veux épouser », annonce-t-il. Miriam s'agenouille ; la *umma* témoigne de son respect pour l'homme dont elle espère qu'il deviendra son beau-père.

Muhtar plisse les yeux. « Qu'est-il arrivé à la dernière que tu m'as présentée ? »

Son fils lâche un soupir lourd d'impatience « Ça n'a pas marché entre nous, papa. Tu as passé si longtemps dans les vapes... » J'aurais dû m'en aller lorsque l'occasion s'est présentée.

« Quel rapport ? N'avais-je pas déjà rencontré ses parents ? »

Miriam est toujours accroupie dans une position inconfortable, paume droite en coupe sous la main gauche. Les deux hommes semblent avoir oublié sa présence. Si c'est la première fois qu'elle entend parler d'une autre femme, l'information ne semble pas imprimer pour autant dans son cerveau. Elle lève les yeux vers moi, et son regard est vide. Elle me fait penser à Bunmi. Un visage rond, un corps tout en courbes et chairs moelleuses. Sa peau est encore plus sombre que la mienne – elle approche de ce noir dont on nous étiquette tous. Je me demande quel âge elle a.

« J'ai changé d'avis à son sujet, papa.

— Et l'argent qui a déjà été dépensé ?

— Ce n'est jamais que de l'argent. Mon bonheur n'est-il pas plus important ?

— C'est ça que tu as manigancé, pendant que j'étais malade ?

— Papa, je veux commencer les préparatifs, et j'ai besoin que tu...

— Si tu crois obtenir le moindre sou de moi, tu es encore plus idiot que je ne le pensais. Miriam – c'est bien ça ? Relevez-vous. Je m'excuse, mais ce mariage n'aura pas mon approbation. » Miriam se redresse, cherche son équilibre et va se placer aux côtés de son petit ami.

Sani me fusille du regard, comme si j'avais quelque responsabilité dans la tournure que prend la conversation. Sans me démonter, je le fixe avec indifférence. Ce n'est pas un homme comme lui qui va me froisser. Mais Muthar surprend cet échange.

« Regarde-moi *moi*, Sani, pas Korede.

— Pourquoi est-elle là ? Tu peux m'expliquer ? C'est une affaire de famille ! »

Pour tout dire, je me posais la même question. Pourquoi Muhtar tient-il à ma présence ? Nous sommes tous deux suspendus à la réponse qu'il ne semble pas pressé de fournir.

« J'ai dit ce que j'avais à dire sur ce sujet. »

Sani empoigne la main de Miriam, opère une volte-face et quitte la chambre en trombe. Muhtar ferme les yeux.

« Pourquoi vouliez-vous que je reste ?

— Pour votre force », me répond-il.

MOUTONS

Épuisée à force de me tourner et retourner dans le lit, je me faufile dans la chambre d'Ayoola. Quand on était petites, on dormait souvent ensemble et ça nous apaisait toujours. Ensemble, on ne risquait rien.

Elle dort en chien de fusil, en serrant contre elle un ours en peluche marron. Elle ne bouge pas lorsque je me glisse dans le lit. Ça n'a rien d'une surprise. Ayoola ne se réveille que quand son corps est fatigué de dormir. Elle ne rêve pas, ne ronfle pas. Elle sombre dans un coma dont même les gens comme Muhtar n'ont pas idée.

Je l'envie pour ça. Mon corps est épuisé mais mon esprit fait des heures supplémentaires, il revisite le passé, échafaude des scénarios, anticipe. Les actes que ma sœur a commis me tourmentent plus qu'ils ne la tourmentent. Nous avons peut-être échappé au châtiment, mais nous n'en avons pas moins du sang sur les mains. Nous dormons dans notre lit, dans un confort relatif, alors que le corps de Femi est en train de s'enfoncer dans la lagune et de nourrir les poissons. Je suis tentée de secouer Ayoola, de la réveiller, mais – à supposer que j'y parvienne – à quoi bon ? Elle me dirait que tout ira bien, et elle se rendormirait aussi sec.

Donc, à la place, je compte – moutons, canards, poulets, vaches, chèvres, rats des champs, cadavres. Je les compte jusqu'à sombrer dans l'inconscience.

PÈRE

Ayoola avait un visiteur, un camarade de classe. C'était les grandes vacances, et il était venu dans l'espoir de coiffer ses rivaux au poteau avant la rentrée. Je crois qu'il s'appelait Ola. Je me souviens d'un garçon dégingandé, affublé d'une tache de naissance qui lui décolorait la moitié du visage. Je me souviens qu'il buvait Ayoola des yeux.

Père l'avait bien reçu. Il lui avait offert à boire et à manger. Il l'avait amadoué pour le pousser à parler de lui. Il lui avait même montré le couteau. Pour ce qu'en voyait Ola, notre père était un hôte généreux et attentif. Sa performance avait même réussi à berner maman et Ayoola, elles étaient tout sourire. Mais moi, j'étais sur les charbons ardents, assise sur le bord du fauteuil, les ongles enfoncés dans le rembourrage.

« Tu sais comment charmer ton monde, mon garçon ! avait gloussé père après que l'intéressé avait commis quelque remarque bien intentionnée sur l'aide à la réinsertion des sans-abri. Je suis sûr que tu as la cote avec les dames.

— Oui, monsieur. Non, monsieur, avait bafouillé Ola, déconcerté par cette conclusion.

— Et elles te plaisent mes filles, pas vrai ? Elles sont mignonnes, hein ? » Ola avait rougi, sans pouvoir s'empêcher de regarder Ayoola. J'avais vu père contracter les mâchoires, mais j'étais la seule. Je me souviens avoir regretté à cet instant de n'avoir pas convenu d'un genre de code avec Ayoola. J'avais toussoté.

« *Pele*[1] », m'avait dit ma mère de sa voix apaisante. J'avais toussé de nouveau. « Va boire un peu d'eau. » J'avais toussé encore. Cette fois, aucun commentaire.

Ayoola, viens avec moi, avais-je articulé en lui faisant de grands yeux.

« Non, je suis bien ici.

— Suis-moi. Tout de suite », avais-je cette fois sifflé entre mes dents.

Elle avait croisé les bras et reporté son regard sur Ola. Elle se délectait trop de son attention pour s'intéresser à moi. Père avait tourné la tête dans ma direction, un sourire aux lèvres. Et en suivant son regard, mes yeux avaient buté contre la canne.

Elle trônait au-dessus de la télévision, sur un support conçu spécialement pour elle. Elle était tout le temps là, à aimanter mon regard. Les non-initiés la considéraient comme un objet d'art – un clin d'œil à l'histoire de notre pays et à sa culture. Elle était lourde, épaisse, patinée et gravée de motifs tarabiscotés.

Le temps avait coulé au compte-gouttes jusqu'à ce que père ne décide que la visite était terminée : en raccompagnant Ola à la porte, il l'avait invité à revenir et lui avait souhaité bonne chance. Puis il avait retraversé le salon et attrapé la canne.

« Ayoola, viens ici. » En voyant la canne, elle s'était mise à trembler. Maman tremblait. Je tremblais. « Tu es sourde ? J'ai dit : Viens ici ! »

---

1. Ma pauvre petite.

— C'est pas moi qui lui ai demandé de passer, avait-elle pleurniché, en comprenant immédiatement de quoi il retournait. Je ne l'ai pas invité.

— S'il te plaît, s'il te plaît, avais-je murmuré, d'ores et déjà en larmes. S'il te plaît.

— Ayoola... » Elle s'était avancée ; elle pleurait, maintenant. « Déshabille-toi. »

Elle avait ouvert sa robe, un bouton après l'autre, sans se presser, avec une maladresse intentionnelle. Il restait patient.

« *Nitori Ọlọrum*[1], Kehinde. *Nitori Ọlọrun* », le suppliait ma mère. La robe avait glissé au sol. Ayoola portait une brassière de sport et une culotte blanches. J'avais beau être l'aînée, je n'avais toujours pas besoin de soutien-gorge. Mère s'était suspendue aux basques de notre père, mais il l'avait chassée d'un geste impatient. Elle n'était jamais capable de l'arrêter.

M'armant de courage, je m'étais avancée et j'avais pris la main d'Ayoola. Je savais d'expérience que dès lors qu'on se trouvait à sa portée, la canne ne s'embarrassait pas de distinction entre victime et témoin, mais j'avais le pressentiment que, seule, Ayoola ne survivrait pas à la confrontation.

« Alors comme ça, je t'envoie à l'école pour que tu couches à droite à gauche ? »

Une canne, on l'entend avant de la sentir. Elle fouette l'air. Ayoola avait poussé un cri, et j'avais fermé les yeux.

« Tu crois que je dépense tout cet argent pour que tu deviennes une prostituée ?! Tu vas me répondre, à la fin !

— Non, monsieur. » Nous ne l'appelions pas papa. Nous ne l'avions jamais appelé comme ça. Ce n'était pas un papa – pas, du moins, au sens que revêt ce

---

1. Pour l'amour de Dieu.

terme. On pouvait à peine le considérer comme un père. Dans notre maison, il était la loi.

« Non ? *Non ?* Ose me répéter ça, pour voir ! » Il avait frappé à nouveau. Cette fois, la canne m'avait effleurée, et j'en avais eu le souffle coupé.

« Tu crois que ce garçon en pince pour toi ? Tout ce qu'il veut, c'est ce que tu as entre les jambes. Et quand il sera satisfait, il passera à autre chose. »

La douleur a une façon bien à elle d'aiguiser les sens. J'entends encore le souffle lourd de notre père. Ce n'était pas un sportif. Il se fatiguait vite, lors de ces séances de correction. Mais il avait une volonté de fer, et le désir souverain de nous apprendre la discipline. Je me souviens encore de l'odeur de notre peur – acide, métallique, plus âcre même que celle du vomi.

Il avait continué à délivrer son sermon tout en brandissant son arme. Parce que je n'étais pas la cible, la canne ne touchait que sporadiquement mon épaule, ou une oreille, ou le côté de mon visage, et, même ainsi, la douleur était difficile à supporter. Ayoola avait la peau assez claire pour qu'on puisse la voir virer au rouge, et je sentais sa main mollir dans la mienne. Ses pleurs s'étaient mués en un long gémissement. Je ne pouvais pas rester sans rien faire. « Si tu continues à la frapper, elle aura des cicatrices, et les gens poseront des questions ! »

La canne s'était immobilisée. S'il y avait une chose au monde qui importait à notre père, c'était bien sa réputation. Il avait marqué un temps d'hésitation, essuyé la transpiration de son front, puis était allé reposer la canne sur son support. Ayoola s'était effondrée à mes pieds

Plus tard, Ola m'avait abordée pendant la récréation pour me dire ce qu'il pensait de mon père.

« Il est vraiment cool, m'avait-il dit. Si seulement le mien pouvait être pareil. »

Ayoola, quant à elle, ne lui avait jamais plus adressé la parole.

ÉPOUSE

« Si celles-là ne vous plaisent pas, j'en ai d'autres en stock. Je peux vous envoyer des photos. » Bunmi et moi regardons l'avalanche de chaussures que Chichi a déversée derrière le comptoir des infirmières. Elle a terminé sa garde depuis une bonne demi-heure, elle s'est changée, et il faut croire qu'elle a aussi changé de métier puisque d'infirmière, elle est devenue vendeuse. Pliée en deux, elle fourrage dans le tas pour dénicher *la* paire qu'il nous faut à tout prix. Elle se penche tellement qu'on voit la raie de ses fesses dépasser de la ceinture du jean. Je détourne la tête.

Je vaquais à mes affaires – fixait un rendez-vous à un patient – quand elle est venue me fourrer une paire d'escarpins noirs sous le nez. Je l'ai chassée d'un geste, mais Chichi a insisté pour que je jette un œil à sa camelote. Le problème, c'est que ses chaussures sont moches ; on voit tout de suite que c'est de la pacotille qui partira en morceaux au bout d'un mois. Elle n'a même pas pris la peine de les cirer et, maintenant, elles gisent en tas par terre. Je me force à sourire.

« Tu sais, les salaires n'ont pas encore été payés…

— Et en plus je viens d'acheter deux nouvelles paires... » renchérit Bunmi.

Chichi redresse les épaules et agite une paire avec des talons strassés devant nos yeux : « On n'a jamais assez de chaussures. Et mes prix sont très raisonnables. »

À l'instant où elle va se lancer dans un boniment pour nous refourguer une paire de compensées à talons de vingt-trois centimètres, Yinka accourt vers nous et frappe à pleines paumes sur le comptoir. J'ai beau ne pas la porter spécialement dans mon cœur, je lui suis reconnaissante de cette diversion.

« Ça barde dans la chambre du comateux !

— Comment ça, ça barde ? Raconte ! » Chichi en oublie aussi sec ses chaussures, cale un coude sur mon épaule et tend le cou vers Yinka. Je résiste à l'envie de déloger son bras.

« J'allais voir mon patient quand j'ai entendu des cris venant de sa chambre.

— C'est lui qui criait ? je demande.

— Non, sa bonne femme. Je me suis arrêtée pour... m'assurer qu'il allait bien... et je l'ai entendue le traiter de diable. Elle lui disait qu'il ne pourrait pas emporter son argent dans la tombe.

— Brrr ! Je déteste les types rapiats ! » Chichi claque plusieurs fois du doigt au-dessus de sa tête, comme pour éloigner tous les pingres qui seraient tentés d'approcher. J'ouvre la bouche pour prendre la défense de Muhtar, leur assurer que cet homme n'a pas le moindre gène d'avarice dans son corps, qu'il est bon et généreux – mais je vois le regard éteint de Bunmi, celui, avide, de Chichi et les prunelles noires de Yinka, je sais que ma défense serait délibérément mal interprétée. Je me recule brusquement, et Chichi vacille sur ses jambes.

« Où vas-tu ?

— On ne peut pas tolérer que nos malades soient harcelés par les amis ou la famille. Aussi longtemps qu'ils sont ici, ils sont sous notre responsabilité.

— Ça ferait un super autocollant pour ton pare-chocs ! » crie Yinka, dans mon dos. Je fais semblant de ne pas l'avoir entendue et je grimpe l'escalier quatre à quatre. Il y a trente chambres au troisième étage – 301 à 331 – et j'entends les cris du bout du couloir. Je distingue la voix nasillarde de l'épouse, et aussi une voix d'homme. Une voix geignarde et enjôleuse ; ce n'est pas celle de Muhtar.

Je toque à la porte de la chambre, ils font silence.

« Entrez », lance Muhtar. Sa lassitude est manifeste.

Je le découvre debout au pied du lit, vêtu d'une *jalabia* grise. Il agrippe un des garde-corps, sur lequel il s'appuie à moitié. L'expression de son visage trahit l'effort qu'il impose à son corps. Il semble avoir vieilli, depuis ma dernière visite.

Son épouse a drapé autour de sa tête un *mayafi* en dentelle rouge, assorti à sa robe, qui retombe sur son épaule. Elle a la peau éclatante, mais le rictus hargneux qui déforme son visage évoque un museau. Le frère de Muhtar, Abdul, se tient à ses côtés et fixe ses pieds. Je suppose que c'est à lui qu'appartient la voix geignarde.

« Oui ? aboie l'épouse à mon intention.

Je l'ignore. « Muhtar ?

— Ça va, me rassure-t-il.

— Voudriez-vous que je reste ?

— Comment ça – voudrait-il que vous restiez ? Vous vous prenez pour qui ? Allons, disparaissez. »

Sa voix est comme des ongles sur un tableau noir.

« Vous m'avez entendue ? » crisse-t-elle.

Je m'avance vers Muhtar, qui m'adresse un sourire faiblard.

« Je crois que vous devriez vous asseoir », lui dis-je avec douceur. Il desserre la main qui agrippait la barre et je l'aide à s'installer dans le fauteuil le plus proche. « Voulez-vous que je reste ? je lui chuchote, en dépliant le plaid sur ses genoux.

— Qu'est-ce qu'elle lui a dit ? postillonne l'épouse dans mon dos. C'est une sorcière ! C'est à cause d'elle et de ses *jujus*[1] que mon mari ne sert plus à rien ! C'est elle qui lui fait dire n'importe quoi ! Abdul, fais quelque chose ! Fais-la partir ! » Elle braque le doigt vers moi. « Je vais en référer à vos supérieurs. Je ne sais pas de quelle magie noire vous... »

Muhtar secoue la tête avec lassitude. Je n'avais pas besoin d'autre signe. Je me redresse et je lui fais face.

« Madame, je vous demande de bien vouloir partir. Ne m'obligez pas à appeler la sécurité. »

Sa lèvre inférieure tremble et ses yeux tressautent.

« À qui croyez-vous parler ? Abdul ! »

Je me tourne vers l'intéressé, mais Abdul préfère se dérober. Il est plus jeune que Muhtar, et peut-être encore plus grand que lui, mais c'est difficile à affirmer vu qu'il garde la tête baissée – tellement baissée, même, qu'on dirait que son cou va finir par se rompre. Dans une tentative d'apaisement, il frictionne le bras de sa belle-sœur, laquelle le rembarre d'un mouvement d'épaules. Honnêtement, j'aurais fait pareil. Le costume qu'il porte a coûté cher, mais il n'est pas à sa taille. Les épaules sont trop larges, le corps trop ample. On dirait que c'est un vêtement qui appartient à un autre homme – comme la femme dont il frictionne le bras.

Je me tourne vers l'épouse. Elle a pu être belle, autrefois ; peut-être le jour où Muhtar l'a rencontrée.

---

1. Gris-gris.

« Je ne veux pas être impolie, lui dis-je, mais le bien-être de mon patient est ma priorité, et nous ne laisserons personne le menacer.

— Pour qui vous prenez-vous ?! Vous pensez pouvoir lui soutirer de l'argent ? C'est donc ça ! Il vous en a déjà donné ! Muhtar, tu prends tout le monde de haut et tu cours après une infirmière ? Regarde-toi ! Tu n'as même pas été fichu d'en choisir une jolie !

— Va-t'en ! » L'ordre émane de Muhtar, et il nous fait tous sursauter. Il y a dans sa voix une autorité que je n'ai encore jamais perçue. Abdul lève un instant la tête. L'épouse nous cloue d'un de ses regards noirs avant de tourner les talons ; Abdul lui emboîte mollement le pas. Je tire une chaise et je m'assieds à côté de Muhtar, à l'évidence fatigué. Il me tapote une main. « Merci.

— C'est vous qui les avez chassés. »

Il soupire.

« Apparemment, le père de Miriam se présente aux élections pour devenir gouverneur de l'État de Kano.

— Et votre femme veut que vous approuviez ce mariage.

— Oui.

— Et vous allez céder ?

— Cèderiez-vous, à ma place ? » Je pense à Tade. Je le revois, la bague au creux de la main, attendant ma bénédiction.

« Ils sont amoureux ?

— Qui ?

— Miriam et… votre fils.

— L'amour. Un beau concept. » Il ferme les yeux.

NUIT

Tade me dévisage, mais son regard est vide. Son visage est bouffi, ses traits déformés. Il me tend les bras ; ses mains sont glacées.

« Tout ça, c'est de ta faute. »

CASSE

Je m'introduis en douce dans le bureau de Tade et je fouille dans les tiroirs pour trouver l'écrin. Tade vient d'accompagner un patient à la radio, je sais que je ne serai pas dérangée. La bague est aussi divine que dans mon souvenir. Je suis tentée de la glisser à mon annulaire. Au lieu de quoi, je pince fermement l'anneau entre deux doigts, je m'agenouille par terre, et je cogne le diamant contre le carrelage, de toutes mes forces, une fois, deux fois. On dit qu'un diamant est éternel et il faut croire que c'est vrai – j'ai beau m'acharner à vouloir le réduire en miettes, rien n'y fait ; le reste de la bague oppose moins de résistance. Rapidement, la monture gît en plusieurs morceaux sur le sol. Une fois tombé de son nid, le diamant semble plus petit, moins impressionnant.

Il me vient à l'esprit que si je n'endommage que la bague, Tade me suspectera. Je glisse le diamant dans ma poche. Après tout, aucun voleur qui se respecte ne le laisserait là. Et tout ça ne serait qu'une colossale perte de temps s'il suffisait tout bêtement à Tade de le faire remonter. Haro, donc, sur l'armoire à pharmacie.

Vingt minutes plus tard, Tade déboule comme un fou à l'accueil. Je retiens mon souffle. Il jette un coup d'œil vers moi, puis se ravise pour interpeller Yinka et Bunmi.

« Quelqu'un a mis à sac mon bureau et détruit la... quelque chose qui m'appartient.

— Quoi ?! lançons-nous à l'unisson.

— Sérieux ? » questionne Yinka, même si la mine de Tade indique sans ambiguïté que ça l'est.

Nous le suivons jusqu'à son bureau. J'essaie d'adopter le regard d'un spectateur objectif. On dirait que quelqu'un cherchait quelque chose, puis a perdu les pédales et s'est déchaîné : tous les tiroirs sont ouverts, presque tout ce qu'ils contenaient a été jeté par terre ; la porte de l'armoire à pharmacie est battante, les étagères sont sens dessus dessous, des dossiers sont éparpillés sur le bureau. Quand j'ai quitté la pièce, la monture en morceaux se trouvait par terre, mais je ne la vois plus.

« C'est épouvantable, je marmonne.

— Qui ferait un truc pareil ? » s'interroge Bunmi.

Yinka pince les lèvres et tape dans ses mains : « Tout à l'heure, j'ai vu Mohammed entrer ici pour faire le ménage », révèle-t-elle. J'ai les paumes qui me picotent ; je les frotte sur mes cuisses.

« Je ne pense pas que Mohammed ferait... commence Tade.

— Quand vous avez quitté votre bureau, tout était normal, non ? interroge Yinka, le limier amateur.

— Oui.

— Puis vous avez accompagné un patient à la radio et à l'ECG. Combien de temps êtes-vous parti ?

— Une quarantaine de minutes.

— Eh bien, c'est pendant ces quarante minutes que j'ai *vu* Mohammed entrer dans votre bureau. Disons que ça lui a pris vingt minutes pour balayer et vider la corbeille. Ça ne laisse pas à quelqu'un d'autre assez de temps pour entrer, mettre tout ce bazar et repartir.

— Pourquoi penses-tu que Mohammed ferait une chose pareille ? » je demande. Pour pouvoir le coincer, il faut un mobile, n'est-ce pas ?

« Les médicaments, tiens ! » assène Yinka en croisant les bras, assez contente d'avoir bouclé son affaire. C'est facile de pointer du doigt Mohammed. Il est pauvre, sans instruction. C'est un homme de ménage.

« Non. » C'est Bunmi qui intervient, Bunmi qui proteste. « Je m'inscris en faux. » Elle dévisage Yinka et, comme je suis à côté d'elle, me dévisage par la même occasion. Ou alors soupçonne-t-elle quelque chose ? « Cet homme travaille dans cet hôpital depuis plus longtemps que vous deux, et il n'y a jamais eu de problème. Il ne ferait jamais une chose pareille. » Je n'ai jamais entendu Bunmi parler avec autant de passion, ni autant tout court. On en reste tous un peu ébahis.

Mais Yinka n'a pas dit son dernier mot : « Les drogués peuvent cacher leur addiction pendant très longtemps, argumente-t-elle. Il devait probablement être en manque, en sevrage ou que sais-je... Quand ces gens ont besoin de leur dose... Allez savoir depuis combien de temps il vole des médicaments sans se faire prendre ! »

Yinka semble satisfaite de sa conclusion et Tade est plongé dans ses pensées. Bunmi préfère quitter la pièce. J'ai fait ce qu'il fallait faire... pas vrai ? J'ai offert à Tade un sursis, pour réfléchir sérieusement à tout ça. Je me porterais bien volontaire pour remettre de l'ordre, mais je sais que je ferais mieux de me tenir à distance.

Mohammed a beau nier l'accusation avec véhémence, il est renvoyé. Je vois bien que Tade n'approuve pas ce verdict, mais la preuve, ou l'absence de preuves, ne joue pas en faveur du condamné. Ça m'inquiète que Tade ne me parle pas de la bague. En fait, c'est comme si je n'existais plus pour lui.

« Salut, dis-je quelques jours plus tard, depuis le seuil de son bureau.

— Oui ? » Il ne relève pas la tête, ne me regarde pas, il continue à remplir son dossier.

« Je... je voulais juste m'assurer que tout va bien pour toi.

— Ouais, tout va bien.

— Je ne voulais pas poser la question devant les autres... mais j'espère qu'on ne t'a pas volé la bague... »

Il pose son stylo, et me regarde pour la première fois depuis longtemps : « Pour ne rien te cacher, Korede, si, on l'a volée. »

Je m'apprête à feindre le choc et à compatir, mais il enchaîne : « Ce qui est bizarre, c'est qu'on n'a pas volé les deux flacons de diazépam qui se trouvaient dans l'armoire à pharmacie. Il y avait des médicaments partout dans le bureau, mais seule la bague a été volée. Curieux choix, pour un drogué. »

Je m'interdis de battre des paupières, de détourner les yeux. Je sens mes globes s'assécher. « Oui, très curieux », réussis-je à articuler.

On se dévisage encore un instant, puis il soupire et se frotte le visage. « O.K., dit-il, presque pour lui-même. O.K. Autre chose ?

— Non... non, c'est tout. »

Cette nuit-là, je lâche le diamant dans la lagune, sous le Third Mainland Bridge.

TÉLÉPHONE

J'ai découvert que pour se sortir une écharde de l'esprit, il n'y a rien de tel que s'abrutir de séries télé. Je suis allongée sur mon lit, en train de me gaver d'arachides, les yeux rivés à l'écran de mon ordinateur portable. Je me penche pour entrer l'adresse du blog de Femi, et mes efforts se heurtent à une « erreur 404 ». Son blog a été fermé. Femi a cessé d'exister dans le monde virtuel ; il ne peut plus exister pour moi. Il n'est pas plus à ma portée dans la mort qu'il l'aurait été dans la vie.

Mon téléphone vibre et je songe à l'ignorer.

C'est Ayoola.

Mon cœur loupe un battement.

« Oui ?

— Korede. »

N° 2 : PETER

« Korede, il est mort.

— Quoi ?

— Il est...

— Bordel ! Qu'est-ce que tu racontes ? Il est... tu... tu... »

Elle éclate en sanglots.

« S'il te plaît. S'il te plaît. Aide-moi. »

PLUS ÉPAIS QUE L'EAU

C'est la première fois que je vais pénétrer chez Tade. J'ai imaginé ce moment de bien des façons, mais jamais de celle-là. Je cogne à la porte, une première fois, une deuxième, et je me fiche pas mal qu'on m'entende ou qu'on me voie, du moment que cette porte s'ouvre à temps.

J'entends le déclic de la serrure, je recule d'un pas. Tade se dresse devant moi, le visage et le cou ruisselants de transpiration en dépit du violent courant d'air froid qui s'abat sur moi. Je l'écarte de mon chemin et balaie des yeux les lieux. Je vois son salon, sa cuisine, un escalier. Pas d'Ayoola.

« Où est-elle ?

— Là-haut », murmure-t-il. Je fonce dans l'escalier en criant son nom à tue-tête. Pas de réponse. Elle ne peut pas être morte. C'est impossible. La vie sans elle… Tout ça, c'est de ma faute, j'en ai trop dit. Je *savais* que ça se finirait forcément comme ça : pour le sauver, je l'ai sacrifiée.

« À gauche », indique-t-il dans mon dos. J'ouvre la porte. Ma main tremble. Je suis dans sa chambre. Le lit en 180 occupe un tiers de la pièce ; j'entends un gémissement étouffé du côté du mur en face. Je me rue vers elle.

L'espace d'un instant, la terreur me prive de toute réaction. Elle est avachie sur le sol, quasiment dans la même position que Femi, une main pressée sur le flanc. Je vois le sang jaillir d'entre ses doigts, mais le couteau, son couteau, est toujours enfoncé dans sa chair. Elle le regarde et me fait un pâle sourire.

« Quelle ironie, souffle-t-elle.

— Elle... Elle... elle a essayé de me tuer. »

Je ne fais aucun cas de Tade. Avec les ciseaux de ma trousse de secours, je découpe le bas de ma chemise. J'ai pris la trousse dans l'armoire à pharmacie avant de quitter la maison en trombe, après le coup de fil d'Ayoola. Je voulais appeler une ambulance, mais je ne pouvais pas prendre le risque que Tade parle à qui que ce soit avant mon arrivée.

« Je n'ai pas retiré le couteau, me dit-elle.

— C'est bien. »

Je roule ma veste en oreiller et j'aide Ayoola à s'allonger. Elle gémit encore et c'est comme si quelqu'un resserrait son poing sur mon cœur. J'enfile une paire de gants sans latex.

« Je ne voulais pas la blesser.

— Ayoola, raconte-moi ce qui s'est passé. » Je ne tiens pas particulièrement à le savoir, mais je dois continuer à la faire parler.

« Il... il... m'a frappée... commence-t-elle tandis que je découpe sa robe.

— C'est faux ! se récrie Tade – le premier homme à pouvoir se défendre des accusations d'Ayoola.

— ... et quand j'ai essayé de l'en empêcher, il m'a poignardée.

— Elle s'est jetée sur moi avec un couteau ! Sans raison ! Bordel ! »

— Ferme-la ! Ce n'est pas toi qui es en train de te vider de ton sang, n'est-ce pas ? »

Je bande la blessure, sans toucher au couteau. En le retirant, je risquerais d'entailler une artère, ou un organe. J'attrape mon téléphone et j'appelle l'accueil de l'hôpital. Quand Chichi décroche, en pensée je remercie Dieu que Yinka ne soit pas de garde de nuit cette semaine. Je lui explique que je vais arriver avec ma sœur, qui a été poignardée, et je lui demande de prévenir le Dr Akigbe.

« Je vais la porter », annonce Tade. Je ne veux pas qu'il la touche, mais il est plus costaud que moi.

« D'accord. »

Il la soulève dans ses bras, descend les escaliers, sort dans l'allée. Ayoola a la tête appuyée contre son torse, comme s'ils étaient encore amants. Peut-être n'est-elle pas en état de comprendre la gravité de ce qui vient de se passer ici.

J'ouvre la portière de ma voiture et Tade allonge Ayoola sur la banquette arrière. Je me glisse derrière le volant. Tade annonce qu'il va me suivre dans sa voiture et, comme je ne peux rien faire pour l'en empêcher, j'acquiesce. Vu qu'il est 4 heures du matin, il n'y a pas beaucoup de circulation, ni de patrouilles de police. Je profite à fond de cette aubaine en roulant à 130 sur les voies à sens unique. Nous sommes rendues à l'hôpital en vingt minutes.

Chichi et l'équipe de traumato viennent à notre rencontre. « Que s'est-il passé ? » demande Chichi tandis que deux brancardiers transfèrent ma petite sœur sur une civière. Elle a perdu conscience.

« *Que s'est-il passé* ? insiste Chichi.

— Elle a reçu un coup de couteau.

— De qui ? »

Nous sommes à mi-couloir lorsque surgit le Dr Akigbe. Il vérifie le pouls d'Ayoola puis aboie ses ordres aux soignants. Ils emportent ma sœur, et le docteur nous fait entrer dans une pièce adjacente.

« Je peux l'accompagner au bloc ?

— Korede, vous allez devoir attendre dehors.

— Mais…

— Vous connaissez les règles. Vous avez fait tout ce qui était en votre pouvoir. Vous m'avez fait appeler, donc, maintenant, faites-moi confiance. »

Il disparaît en salle d'opération pile au moment où Tade me rejoint en courant, à bout de souffle.

« Elle est au bloc ? »

Je ne réponds pas. Il tend une main vers moi. « Arrête. » Il laisse retomber son bras.

« Tu sais que je ne l'ai pas fait intentionnellement, n'est-ce pas ? On se disputait le couteau et… » Je lui tourne le dos et je me dirige vers la fontaine à eau. Il me suit. « Tu m'as toi-même prévenu qu'elle était dangereuse ! » Je ne dis rien. Il n'y a plus rien à dire. « Tu as raconté à quelqu'un ce qui s'est passé ? reprend-il à mi-voix.

— Non », réponds-je en me servant un gobelet d'eau. Je m'étonne de voir que mes mains ne tremblent pas. « Et tu ne diras rien toi non plus.

— Quoi ?

— Si tu racontes quoi que ce soit, je dirai que tu l'as agressée. Et qui croira-t-on, à ton avis ? Ayoola ou toi ?

— Tu *sais* que je suis innocent. Tu sais que je n'ai fait que me défendre.

— Je sais que quand je suis arrivée chez toi, ma sœur avait un couteau planté dans les côtes. C'est tout ce que je sais.

— Elle a essayé de me tuer ! Tu ne peux pas… » Il me regarde interloqué, comme s'il me voyait pour la première fois. « Tu es pire qu'elle.

— Je te demande pardon ?

— Elle, elle a un truc qui tourne pas rond... Mais toi ? Quelle est ton excuse ? » Il s'éloigne de moi, visiblement dégoûté.

Je m'assieds dans le couloir, devant la porte du bloc. J'attends qu'on me donne des nouvelles.

BLESSURE

Quand le Dr Akibge s'avance vers moi en souriant, je relâche mon souffle.

« Je peux la voir ?

— Elle n'est pas encore réveillée. Nous allons la monter dans une chambre. Une fois qu'elle sera installée, vous pourrez la voir. »

Ils mettent Ayoola dans la chambre 315, à deux portes de celle de Muhtar, qui n'a jamais vu ma sœur mais en sait plus sur elle que je n'en avais l'intention.

Elle a l'air innocent, vulnérable. Sa respiration est régulière. Quelqu'un a soigneusement étalé ses dreadlocks sur l'oreiller.

« Qui lui a fait ça ? » Yinka semble bouleversée.

« Le principal, c'est qu'elle aille bien.

— Qui que ce soit, il mérite la mort ! » Une grimace où la fureur le dispute au mépris déforme ses traits. « Sans toi, elle y serait probablement restée !

— Je... je...

— Ayoola ! » Ma mère entre en trombe, folle d'inquiétude. « Ma petite fille ! » Elle se penche au-dessus du lit et approche sa joue des lèvres de sa cadette endormie – pour sentir son souffle, comme elle le faisait parfois quand Ayoola était bébé. Puis elle se redresse, en larmes, chancelle jusque dans mes bras. Yinka se retire.

« Korede, que s'est-il passé ? Qui lui a fait ça ?

— Elle m'a appelée. Je suis allée la chercher là où elle était. Et elle avait le couteau planté dans le flanc.

— Où était-elle ? »

Ayoola gémit et nous nous retournons. Elle est encore endormie et, rapidement, elle reporte toute son énergie sur sa respiration.

« Je suis sûre qu'Ayoola pourra nous dire ce qui s'est passé, lorsqu'elle se réveillera.

— Mais où es-tu allée la récupérer ? Pourquoi tu refuses de me le dire ? » Je me demande ce que Tade est en train de manigancer, de cogiter. Je me demande ce qu'il va décider, pour la suite. En pensée, j'exhorte Ayoola à se réveiller, afin qu'on puisse s'entendre sur l'histoire qu'il faudra raconter. Tout sauf la vérité.

« Elle était chez Tade... Je crois qu'il l'a trouvée en arrivant, comme ça.

— Chez Tade ? Il y a eu un cambriolage ? Est-ce que... tu crois que *Tade* aurait pu faire ça ?

— Je ne sais pas, maman. » Je me sens vidée, tout d'un coup. « On posera la question à Ayoola quand elle se réveillera. »

Ma mère a l'air songeur, mais ne dit rien. Il n'y a plus qu'à attendre.

CHOIX

La chambre d'hôpital est nickel, et le mérite m'en revient puisque ça fait une bonne demi-heure que je range tout au cordeau. Les ours en peluche que j'ai apportés de la maison sont alignés au pied du lit, par groupes de couleur – beige, marron, noir. Le téléphone d'Ayoola est rechargé ; le cordon d'alimentation est enroulé autour du chargeur, et le tout est rangé dans son sac – dans lequel j'ai pris la liberté de faire un peu de ménage aussi. C'était un vrai capharnaüm – mouchoirs en papier usagés, reçus de carte bleue, miettes, billets de banque de Dubaï, bonbons à moitié sucés et replacés dans leur enveloppe. J'ai noté tout ce que j'ai jeté sur un bout de papier, au cas où elle demanderait où c'est passé.

« Korede ? »

Ayoola me fixe de ses grands yeux clairs.

« Tu es réveillée ! Comment te sens-tu ?

— Affreusement mal. »

Je vais lui chercher un verre d'eau. Je le tiens contre ses lèvres le temps qu'elle boive.

« Ça va mieux ?

— Un peu... maman n'est pas là ?

217

— Elle est rentrée prendre une douche. Elle va revenir bientôt. »

Ayoola acquiesce, ferme les yeux et se rendort dans la minute.

Lorsqu'elle se réveille à nouveau, elle est plus alerte. Elle balaie la chambre du regard. Je crois que c'est la première fois qu'elle met les pieds dans une chambre d'hôpital. Elle n'a jamais souffert pires maux qu'un rhume, et tous les proches qu'elle a perdus sont morts avant d'avoir atteint l'hôpital.

« Qu'est-ce que c'est déprimant...

— Te plairait-il, ô très chère, qu'on peigne des graffitis sur les murs ?

— Ah non, pas des graffitis... une *fresque*. » J'éclate de rire, et elle rit elle aussi. On toque à la porte, qui s'ouvre avant que nous ayons pu répondre.

C'est la police. Ce n'est pas le tandem qui nous a interrogées au sujet de Femi. Et l'un des deux policiers est une femme. Ils foncent droit vers le lit. Je m'interpose.

« Puis-je vous aider ?

— Nous avons cru comprendre qu'elle avait été poignardée.

— Oui ?

— Nous souhaitons lui poser quelques questions, et découvrir qui a fait ça, répond la femme en regardant par-dessus mon épaule tandis que je m'efforce de les bouter hors de la chambre.

« C'est Tade », lance Ayoola. Comme ça. *C'est Tade.* Du tac au tac ; sans une hésitation. Ils lui auraient demandé quel temps il fait, la réponse n'aurait pas été plus désinvolte. Le sol se met à tanguer sous mes pieds ; j'agrippe une chaise et je m'assieds.

« Et qui est Tade ?

— Un médecin de cet hôpital », indique ma mère, sortie d'on ne sait où. Elle me regarde d'un air bizarre ; elle se demande probablement pourquoi je semble sur le point de vomir. J'aurais dû parler à Ayoola sitôt qu'elle s'est réveillée, la première fois.

« Pouvez-vous nous raconter ce qui s'est passé ?

— Il m'a demandée en mariage, j'ai dit que j'étais pas intéressée et il a pété un câble. Il m'a attaquée.

— Comment votre sœur est-elle parvenue jusqu'à vous ?

— Quand il a quitté la chambre, je l'ai appelée. » Les policiers me décochent un coup d'œil mais ne me posent aucune question, et c'est heureux. Je doute que mes réponses auraient été cohérentes.

« Merci, m'dame. Nous reviendrons. »

Ils décampent presque en courant, sans nul doute pour localiser Tade.

« Ayoola, à quoi tu joues ?

— Comment ça, à quoi elle joue ? Cet homme a poignardé ta sœur ! »

Ayoola opine avec ferveur, tout aussi indignée que notre mère.

« Ayoola, écoute-moi bien. Tu vas détruire la vie de cet homme.

— C'est lui ou moi, Korede.

— Ayoola...

— À un moment donné, faut savoir faire un choix. »

ÉCRAN

Lorsque je revois l'épouse de Muhtar, elle est dans le couloir, adossée au mur. Ses épaules sont secouées de tremblements, mais aucun son ne s'échappe d'entre ses lèvres. Personne ne lui a dit que c'est douloureux de sangloter en silence ?

Elle devine une présence ; ses épaules se figent, elle relève la tête. Son visage affiche un rictus de mépris, elle n'essuie pas la morve qui coule de son nez. Je me surprends à reculer de quelques pas. J'ai découvert que le chagrin peut être contagieux, et j'ai assez de soucis comme ça.

Elle soulève l'ourlet de sa robe et, en passant devant moi telle une bourrasque de dentelles empestant *L'Eau* de Jimmy Choo, elle veille à me bousculer d'un coup d'épaule maigre et pointue. Je me demande où est son beau-frère et pourquoi il n'est pas avec elle. En entrant dans la chambre 313, je fais tout mon possible pour ne pas respirer l'odeur agressive de parfum et de tristesse.

Muhtar est assis sur le lit, en train de braquer la télécommande vers la télé. Il suspend son geste en me voyant. Malgré son regard las, il m'accueille d'un sourire chaleureux.

« J'ai croisé votre épouse, en venant.

— Ah bon ?

— Elle était en train de pleurer.

— Ah. »

J'attends qu'il ajoute quelque chose, mais il retourne à sa télécommande et continue à zapper. Il ne semble ni surpris ni perturbé par ce que je viens de lui dire. Ni particulièrement intéressé. Pas plus que si je lui avais dit avoir vu un gecko.

« L'avez-vous aimée un jour ?

— Naguère...

— Peut-être qu'elle vous aime encore.

— Ce n'est pas pour moi qu'elle pleure, dit-il, d'une voix durcie. Elle pleure sa jeunesse perdue, ses opportunités ratées, ses choix désormais limités. Elle ne pleure pas sur mon sort, mais sur le sien. »

Il se fixe sur une chaîne – NTA. C'est comme regarder la télévision des années 90. La présentatrice a le teint vert de gris, l'image saute et vacille. Muhtar et moi sommes happés par ces images d'une multitude de bus jaunes qui foncent à toute allure et de passants qui se dévissent le cou pour voir ce qu'on filme. Comme Muhtar a coupé le son, je ne sais pas du tout de quoi il retourne.

« J'ai entendu parler de ce qui est arrivé à votre sœur.

— Les nouvelles vont vite, par ici.

— Je suis désolé. »

Je lui souris. « Ce n'était qu'une question de temps, je suppose.

— Elle a recommencé. »

Je ne dis rien. En même temps, il ne posait pas vraiment une question. À l'écran, la journaliste interviewe maintenant un passant dont les yeux font la navette entre elle et la caméra, comme s'il ne savait pas trop à laquelle des deux il doit s'adresser.

« Vous pouvez le faire, vous savez.

— Faire quoi ?

— Vous libérez. Dire la vérité. »

Je sens qu'il me regarde. Les images sont de moins en moins nettes. Je cligne des yeux, une fois, deux fois ; je déglutis. Aucun mot ne sort de ma bouche. La vérité. La vérité, c'est que ma sœur est sous ma responsabilité, qu'elle a été blessée parce que je n'ai pas su tenir ma langue, et que je m'en veux.

Muhtar perçoit mon malaise et change de sujet. « Je sors demain. »

Je me tourne vers lui. Il n'allait pas non plus rester ici éternellement. Il n'était pas un fauteuil, un lit, un stéthoscope, mais un patient, et les patients, ça repart un jour ou l'autre – en vie, ou pas. Je ressens pourtant quelque chose qui est proche de la surprise, proche de la peur.

« Oh !

— Je ne veux pas qu'on perde le contact », me dit-il.

C'est marrant, les seules fois qu'il y a eu vraiment « contact » entre nous, c'est quand il était dans le coma, entre la vie et la mort, et qu'il fallait faire travailler son corps à sa place. Maintenant, il n'a besoin de personne pour retourner la tête vers l'écran.

« Peut-être pourriez-vous me donner votre numéro et on pourrait bavarder sur WhatsApp ? »

Je ne trouve rien à répondre. Muhtar existe-t-il au dehors de ces murs ? Qui est-il ? Hormis l'homme qui connaît mes plus noirs secrets – et ceux d'Ayoola ? Il a un nez curieusement caucasien, ce gardien de confidences. Long et pointu. Je me demande quels peuvent être ses propres secrets. Mais bon, je ne sais même pas quels sont ses hobbies, de quoi il vit, sur quel oreiller il posait la tête, la nuit, avant de débarquer ici sur une civière.

« Ou alors, je vous laisse mon numéro et vous m'appellez à votre guise, quand vous avez besoin de parler. »

Je hoche la tête. Mais je ne suis pas sûre qu'il l'a vu. Ses yeux sont toujours rivés à l'écran. Je décide de prendre congé. Une fois à la porte, je me retourne : « Peut-être que votre femme vous aime encore. »

Il soupire. « Quand les mots sont lâchés, nul ne peut les reprendre.

— Quels mots ?

— Je divorce. Je divorce. Je divorce. »

SŒUR

Ayoola se tortîlle sur son lit pour présenter sa blessure à Snapchat. J'attends qu'elle ait terminé. Enfin, elle rabat sa chemise sur les points, pose son téléphone et me sourit. Avec son petit ensemble short-camisole de coton blanc et cet ours dodu qu'elle serre dans ses bras, elle incarne, en dépit de tout, l'image parfaite de l'innocence.

« Vas-tu enfin me dire ce qui s'est passé ? »

Sur la table de chevet, il y a une boîte de sucreries, entamée – un cadeau pour lui souhaiter un prompt rétablissement. Elle pioche une sucette, retire le papier et commence à la lécher d'un air pensif.

« Entre Tade et moi ?

— Ouais. »

Elle se concentre sur la sucette.

« Il m'a raconté que tu avais massacré ma bague. Que tu m'accusais de toutes sortes de choses. Et il a dit que tu avais peut-être quelque chose à voir avec la disparition de mon ex...

— Quoi... ? *Quoi ?*

— Je lui ai répondu qu'il délirait. Mais il m'a soutenu que tu étais super jalouse de moi, que tu souffrais d'une sorte de... euh... de colère latente...

et que c'était tout à fait possible… (Elle marque une pause pour ménager son effet.)… que tu sois revenue, après notre départ, pour parler à Femi, et…

— Il pense que c'est moi qui ai tué Femi ?! » J'empoigne le bras d'Ayoola, même si, pour une fois, elle n'a rien fait. Comment a-t-il pu penser que j'étais capable de ça ?

« Ouais, c'est bizarre, hein ? D'autant que je ne lui ai jamais parlé de Femi. Uniquement de Gboye. Il a peut-être vu passer un truc sur Instagram… Bref, on aurait dit qu'il voulait te dénoncer, ou je ne sais quoi… Donc, j'ai fait ce que j'avais à faire. » Elle hausse les épaules. « Enfin, j'ai essayé… »

Elle attrape un ours, enfouit la tête dans sa fourrure et ne dit plus rien.

« Et ensuite ?

— Ensuite, quand je me suis retrouvée à terre, il a complètement changé de disque. Là, il disait : Oh mon dieuuuu ! Korede disait la vérité ! Qu'est-ce que tu as été lui raconter, *Ko-re-de* ? »

Elle a fait ça pour moi, elle a fini avec un couteau dans le ventre parce que je l'ai trahie. Je suis prise d'étourdissement. Je ne veux pas admettre que j'ai choisi le bien-être d'un homme au détriment du sien. Je ne veux pas avouer que j'ai laissé cet homme se mettre entre nous, quand elle m'a visiblement choisie moi, plutôt que lui. « Je… je lui ai dit que tu étais dangereuse. »

Elle soupire. « À ton avis, que va-t-il se passer maintenant ?

— Il y aura un genre d'enquête.

— Ils croiront son histoire ?

— Je ne sais pas… C'est sa parole contre la tienne.

— Contre la nôtre, Korede. Sa parole contre la *nôtre*. »

PÈRE

Chez les Yorubas, la coutume veut qu'on prénomme des jumeaux Taiwo et Kehinde. Taiwo est l'aîné, celui qui sort en premier, et Kehinde, par conséquent, le puîné. Sauf qu'il est aussi l'aîné, parce que c'est lui qui a dit à Taiwo : « Sors le premier, et va essuyer les plâtres. »

C'est bien ainsi que notre père considérait son statut de puîné. Et Tatie Taiwo n'y trouvait rien à redire ; elle avait une confiance absolue en son frère et elle faisait tout ce qu'il lui disait de faire. C'est donc pour ça – pour obéir aveuglément – qu'elle se trouvait chez nous le lundi qui précéda la mort de notre père, et qu'elle me criait de lâcher Ayoola.

« Non ! » hurlais-je en tirant Ayoola plus près de moi. Mon père n'était pas à la maison et, tout en sachant que je paierais plus tard le prix de mon obstination, plus tard, ce n'était pas tout de suite. Sur le moment, son absence me donnait du courage, et la promesse de son retour renforçait ma détermination.

« Ce sera dit à ton père ! » me menaçait Tatie Taiwo. Je n'aurais pas pu m'en ficher davantage. J'avais déjà commencé à échafauder des plans de fuite pour ma sœur et moi. Ayoola s'accrochait à moi avec l'énergie du désespoir alors même que je lui promettais de ne pas la lâcher.

« S'il te plaît, gémissait maman dans un coin de la pièce. Elle est trop jeune.

— En ce cas, elle aurait dû s'abstenir de flirter avec l'invité de son père. »

J'en étais restée bouche bée. Quels mensonges mon père avait-il racontés ? Et pourquoi insistait-il pour qu'Ayoola se rende seule chez le seigneur ? J'avais dû me poser la question à voix haute, puisque Tatie Taiwo avait répondu : « Elle ne sera pas seule ; je serai là. » Comme si l'argument était propre à me rassurer.

« Ayoola, tu dois faire ça pour ton père, c'est important pour ses affaires, avait-elle poursuivi, la voix enjôleuse. C'est une opportunité capitale. Quand il aura signé le contrat, il t'achètera le téléphone de ton choix. Tu te rends compte de la chance que tu as ?!

— Ne m'oblige pas à y aller, avait supplié Ayoola.

— Tu n'iras nulle part, l'avais-je assurée.

— Allons, Ayoola, tu n'es plus une enfant, tu as tes règles maintenant. Bien des jeunes filles aimeraient être à ta place. Cet homme te donnera tout ce que tu désires. *Tout.*

— Tout ? » avait répété Ayoola entre deux reniflements, et je l'avais giflée pour lui remettre les idées en place. Mais je comprenais. Sa peur découlait pour moitié de la mienne. Elle ne savait pas vraiment ce qu'ils s'apprêtaient à exiger d'elle. Certes, elle avait 14 ans, mais, à l'époque, à cet âge-là, on était moins mûr qu'on ne l'est aujourd'hui.

Ce marché que notre père avait conclu devait être le dernier cadeau qu'il nous ferait. Car comme il m'avait également fait cadeau de sa force de caractère, j'avais décidé que cette fois, *pour une fois*, il n'obtiendrait pas gain de cause. Ayoola était sous ma responsabilité, seule et entière.

J'avais décroché la canne de son piédestal et je l'avais agitée devant moi : « Tatie, si jamais tu t'approches de nous, je vais te battre avec cette canne, jusqu'à ce qu'il rentre. »

Alors que je la sentais à deux doigts de me mettre au défi d'exécuter ma menace – je ne faisais pas le poids face à elle – Tatie Taiwo m'avait fixée droit dans les yeux et avait reculé de quelques pas. Enhardie, j'avais fouetté le vide entre nous deux, et elle avait reculé encore un peu. Et c'est comme ça que je l'avais chassée de la maison. Quand j'étais retournée auprès d'Ayoola, elle tremblait comme une feuille.

« Il va nous tuer, sanglotait-elle.

— Sauf si on le tue d'abord. »

VÉRITÉ

« Le Dr Otumu soutient qu'il a agi en légitime défense et que vous pouvez corroborer ce fait. Il a déclaré, je cite : "Elle m'a prévenu qu'Ayoola avait déjà tué." Mademoiselle Abebe, votre sœur a-t-elle déjà tué ?

— Non.

— Qu'entendiez-vous en ce cas par cette mise en garde ? » Les policiers qui m'interrogent s'expriment bien, on sent qu'ils ont fait des études, ce qui ne me surprend pas outre mesure. Tade est un médecin talentueux, attaché à un hôpital prestigieux. Ayoola est une belle jeune femme issue d'un « bon » milieu. C'est évident que cette affaire sera médiatisée. J'ai croisé mes mains à plat sur mes genoux (j'aurais préféré les poser sur la table, mais elle est incrustée de crasse), une ébauche de sourire flotte sur mes lèvres pour bien leur montrer que je me prête volontiers à leur jeu, aussi absurde soit-il, mais c'est un sourire assez discret pour ne pas suggérer que la situation m'amuse. J'ai les idées parfaitement claires.

« Un homme est mort d'un empoisonnement alimentaire, alors qu'il se trouvait en voyage avec ma sœur. J'étais en colère qu'elle l'ait accompagné, parce que cet homme était marié. J'étais convaincue que sa mort résultait de leurs écarts de conduite.

— Et son ex-petit ami ?

— Tade ?

— Femi. Celui qui avait disparu. »

Je me penche vers mes interlocuteurs ; mon regard s'illumine. « Il a réapparu ? Il a dit ce qui s'était passé ?

— Non. »

Je prends l'air interloqué. Je verserais bien une larme, mais je n'ai jamais été capable de pleurer à la demande.

« En ce cas, pourquoi pensez-vous qu'elle a quelque chose à voir avec cette histoire ?

— Nous suspectons que...

— Cent suspicions ne feront jamais une preuve. Ayoola mesure un mètre cinquante-huit. Elle lui a fait quoi, à votre avis, si elle l'a blessé ? » Mes lèvres ne tremblent pas, mon regard exprime l'incrédulité. Et, pour la bonne mesure, je secoue légèrement la tête.

« Donc, vous n'excluez pas qu'elle l'ait blessé ?

— Si. Ma sœur est la personne la plus adorable qui se puisse rencontrer. L'avez-vous rencontrée, d'ailleurs ? » Ils se trémoussent, mal à l'aise. Ils l'ont rencontrée. Ils ont sondé ses yeux, et fantasmé sur elle. Ils sont tous pareils.

« Que s'est-il passé ce soir-là, selon vous ?

— Tout ce que je sais, c'est qu'il l'a poignardée, et que *elle*, elle n'était pas armée.

— Il a dit que c'était son couteau à elle.

— Pourquoi aurait-elle eu un couteau sur elle ? Comment aurait-elle pu savoir qu'il l'attaquerait ?

— Le couteau a disparu. Votre collègue Chichi affirme qu'elle l'a placé sous scellés sitôt qu'il a été retiré, en salle d'opération. Vous saviez forcément où il était rangé.

— Comme toutes les infirmières... et tous les docteurs.

— Depuis combien de temps connaissez-vous le Dr Otumu ?

— Pas très longtemps.

— L'avez-vous déjà vu se montrer violent ? » Quand j'ai composé ma tenue d'aujourd'hui, j'ai choisi un tailleur jupe gris clair. Ça fait sérieux, c'est solennel, féminin, et ça rappelle subtilement à ces policiers qu'eux et moi ne sommes pas du même monde.

« Non.

— Donc, vous admettez que ce comportement détonne avec son caractère...

— Je viens de dire, me semble-t-il, que je ne le connais pas depuis très longtemps. »

PARTI

Muhtar est rentré chez lui pour commencer une nouvelle vie. La chambre 313 est inoccupée, qu'importe, je suis assise à ma place habituelle, comme du temps où Muhtar se trouvait encore dans ce royaume intermédiaire entre la vie et la mort. Quand je me le représente sur le lit, j'éprouve un puissant sentiment de perte, bien plus puissant que celui qui m'étreint quand je pense à Tade, parti lui aussi.

Il a été radié, et il va devoir passer quelques mois en prison pour agression. La sentence aurait pu être bien pire, mais quantité de gens ont attesté qu'il est un homme bon et gentil, qu'il ne s'était jamais livré à un acte de violence. Néanmoins, les faits étaient là : il avait poignardé Ayoola et, pour ça, la société exigeait qu'il paie.

Je ne l'ai pas revu depuis ce jour fatidique. Il a été suspendu de ses fonctions sitôt qu'elle l'a accusé, donc j'ignore ce qu'il pense, ou ce qu'il ressent. Mais ça ne me travaille pas tant que ça. Ayoola avait raison. Il faut choisir son camp, et, pour moi, les cartes avaient parlé depuis longtemps. Je serai toujours là pour elle, elle sera toujours là pour moi, et tant pis pour les autres.

Muhtar m'a donné son numéro. Il l'a noté sur un bout de papier que j'ai glissé dans la poche de ma tunique.

Je continue à caresser l'idée de révéler à Ayoola qu'il y a quelqu'un, là, dehors, qui est libre de sa parole et de ses mouvements, et qui connaît son secret. Que, à tout moment, ce que nous avons fait peut être rendu public. Mais je ne crois pas que je le ferai.

Muhtar n'est plus là, et personne encore n'a changé les draps de son lit. Je le sais. Son odeur flotte encore dans la chambre – cette odeur de peau douchée de frais, un peu humide, qui l'enveloppait pendant sa convalescence. Je ferme un instant les yeux et je laisse mon esprit vagabonder un court instant.

Puis je décroche le téléphone de la chambre et compose le numéro de poste du quatrième étage.

« S'il vous plaît, demandez à Mohammed de descendre à la 313.

— Mohammed n'est plus là, *ma*.

— Ah… oui, c'est vrai. Envoyez Assibi, en ce cas. »

Nº 5

0809 743 5555

À trois reprises j'ai entré son numéro, à trois reprises je l'ai effacé. Le papier sur lequel il est noté n'est plus aussi lisse et doux qu'il l'était.

Et je suis déjà en train d'oublier le son de sa voix.

On frappe à ma porte.

« Entrez. »

La petite bonne passe la tête. « *Ma*, maman m'a dit de vous prévenir qu'il y a un invité, en bas.

— Qui est-ce ?

— Un homme. » Je comprends que je n'en tirerai pas grand-chose d'autre et je lui fais signe de me laisser.

J'examine le numéro de Muhtar, puis j'allume une bougie sur ma table de chevet et je tiens le papier au-dessus de la flamme, jusqu'à ce que la tache noire ait avalé les chiffres, jusqu'à sentir le feu lécher le bout de mes doigts. Il n'y aura jamais un autre Muhtar, je le sais. Il ne me sera jamais donné une autre opportunité de confesser mes péchés, une seconde chance pour m'absoudre des crimes passés... ou à venir. Ils disparaissent avec ce bout papier qui se recroqueville ; parce que Ayoola a besoin de moi

234

– elle a besoin de moi bien plus que je n'ai besoin de mains immaculées.

Lorsque j'ai terminé, je me poste devant le miroir. Je ne suis pas exactement en tenue pour recevoir des invités, mais celui-là, qui qu'il soit, devra me prendre comme je suis – en boubou et turban.

Je descends par l'escalier de service et marque une pause devant le tableau. J'entr'aperçois l'ombre évanescente de la femme et, un court instant, c'est comme si elle m'épiait depuis quelque poste d'observation invisible à mes yeux. Le cadre penche légèrement vers la gauche. Je le redresse, et je poursuis mon chemin. Notre petite bonne me dépasse en courant, encombrée d'un vase de roses – le pis-aller de ceux qui manquent d'imagination. Je devine qu'Ayoola sera contente.

Ils sont dans le salon – ma mère, Ayoola et l'invité. Tous les trois relèvent la tête lorsque j'entre dans la pièce.

« Et voici ma sœur, Korede. »

L'homme me sourit. Je lui rends son sourire.

REMERCIEMENTS

Ma reconnaissance va en premier lieu à Dieu.

Merci, Clare Alexander, car sans toi et ta perspicacité, je serais encore en train de trimer dans ma chambre en attendant que « le roman » se décide à sortir. Tu n'es pas seulement mon agent, mais aussi ma bonne fée. Merci à vous tous chez Aitken Alexander pour votre travail et votre attention. Je vous suis vraiment reconnaissante.

Margo Shickmanter, mon éditrice américaine, et James Roxburgh, mon éditeur britannique : merci de votre patience, de votre chaleur humaine et de votre compréhension. Merci d'avoir cru en ce livre et en moi. Merci de m'avoir encouragée à me dépasser, je crois que le livre y a beaucoup gagné.

Chaque jour, je découvre la quantité de travail nécessaire à la publication d'un livre, aussi je tiens à remercier les équipes de Doubleday et d'Atlantic pour le temps et l'énergie qu'elles ont consacrés à celui-ci.

Emeka Agbakuru, Adebola Rayo, merci de m'avoir lue, relue, re-relue. C'est une bénédiction de pouvoir vous dire mes amies.

Obafunke Braithwaite, tu es une enquiquineuse, mais, sans toi, devenir un auteur publié aurait été une expérience un peu trop bouleversante.

Ayobami Adebayo, merci d'avoir pris le temps d'accentuer mon yoruba. Un jour, je le parlerai aussi couramment qu'une chèvre de Lagos.

*Composé et mis en pages
par Nord Compo à Villeneuve-d'Ascq
et achevé d'imprimer en janvier 2019
par GGP Media GmbH, Pößneck
pour le compte des Éditions Delcourt,
8, rue Léon-Jouhaux, 75010 Paris*

MIXTE
Papier issu de
sources responsables
FSC® C014496

Dépôt légal : janvier 2019
Imprimé en Allemagne